작가 선언

작가 선언

초 판 1쇄 2026년 01월 26일

지은이 엄민정
펴낸이 류종렬

펴낸곳 미다스북스
본부장 임종익
편집장 이다경, 김가영
디자인 윤영빈, 임인영, 윤가희
책임진행 김은진, 안채원, 이예나, 국소리, 송가희, 이지영

등록 2001년 3월 21일 제2001-000040호
주소 서울시 마포구 양화로 133 서교타워 711호, 808호
전화 02) 322-7802~3
팩스 02) 6007-1845
블로그 http://blog.naver.com/midasbooks
전자주소 midasbooks@hanmail.net
페이스북 https://www.facebook.com/midasbooks425
인스타그램 https://www.instagram.com/midasbooks

© 엄민정, 미다스북스 2026, *Printed in Korea*.

ISBN 979-11-7355-674-6 03810

값 19,000원

미다스북스는 다음세대에게 필요한 지혜와 교양을 생각합니다.

작가 선언

엄민정 에세이

미다스북스

목차

셋. 쓰는 일은 살아 내는 일

넷. 쓰는 삶에 머물기로 했다

–

책의 표지를 빚으며 깊은 영감과 안목을 나누어 준 양효정님께
각별한 고마움을 전합니다.

첫 숨을 고르며

온라인 서류에 직업을 입력할 일이 있었습니다. 주부라는 항목은 대체로 맨 아래에 있거나 무직 바로 위쯤에 있지요. 이런 순서는 누가 정한 걸까. 마우스 휠이 드르륵거리며 굴러가는 동안 조용한 한숨이 흘러나옵니다. 그런데 애써 닿은 목록 끝에 '내 직업'이 없을 때가 있어요. 그땐 별수 없이 무직이나 기타를 택해야 합니다. 전업주부의 권리를 인정하려는 움직임이 있긴 해도 여전히 많은 사람의 인식 속에서 주부는 무직에 가깝습니다. 집에 있는 사람 혹은 그냥 아줌마로 칭해지는 존재. 그런 시선 속에서 나는 여태껏 무엇도 되지 못한 불안을 품고 살았습니다. 그리고 불안은 만성 피로처럼 내 삶에 푹 스며들어 버렸지요.

나는 무엇이 되고 싶었을까.

뭐든 될 수 있다고 믿었던 시절이 있었고, 그 믿음을 잊어 버린 채 살아온 시간도 있었습니다. 마치 처음 받아 보는 질문인 양 말문이 막히면 내 안의 목소리는 모양을 바꿔 끈질기게 되묻습니다.

나는 무엇이 될 수 있을까.

때때로 티브이 속 댄서에게 마음을 빼앗깁니다. 그들의 거침없는 몸짓이 내 안에 끓고 있는 용암을 건드려 놓거든요. 댄서의 동작이 일렁이면 내 마음은 걷잡을 수 없이 출렁입니다. '나도 저토록 뜨겁게 발산하고 싶다.'

갈증의 정체는 무엇일까, 질문의 답을 찾기 위해 기억의 심연을 더듬어 봅니다. 이끼 낀 마음의 우물 깊숙이, 녹슬어 멈춰 있던 도르래의 줄을 조심스레 감아올립니다. 도르래가 비명을 지르며 줄을 삼킬 때마다 두레박이 묵직하게 끌려 올라옵니다. 그 안에는 뜻밖에 물 대신 낡고 젖은 문장들이 가득했습니다. 그것은 누군가의 엄마나 아내로 살며 깎여 나간 내 본연의 이름이었고, 쓸모와 효율이라는 명분에 밀려 외면당했던 서슬 퍼런 열망들이었습니다. 손끝에 닿은 문장들은 차갑고도 뜨거웠습니다. 그건 죽은 듯 있었으나 단 한 순간도 꺼진 적 없는 내 안의 불씨였습니다. 뒷전으로 밀려나 있던 나의 욕구들이 수면 위로 올라와 가쁜 숨을 몰아쉽니다. 그동안 느꼈던 허기와 갈증은 어쩌면 문장으로 세상 밖에 내보내 달라는 내면의 간절한 외침이었는지도 모르겠습니다.

문장을 건져 올린 두레박은 일상의 보물을 담는 바구니가 되었습니다. 보이지 않던 글의 씨앗들이 눈에 띄기 시작했습니다. 매일의 미세한 변화를 세심하게 알아채는 눈을 가진다면 일상은 더 이상 굴레가 아닙니다. 보석을 발견한 광부처럼 나는 오늘도 아이가 무심코 던진 한마디에서 반짝이는 글감을 캐냅니다.

매일 같이 도착하는 택배를 보며 아이가 묻습니다.

"엄마는 이거 필요해서 산 거야, 사고 싶어서 산 거야?"

언박싱에 들뜬 손이 잠시 멈췄습니다. 아이가 갖고 싶어 하던 장난감에는 절제를 가르치면서 정작 나는 절제를 모르고 있었지요. 욕망을 숨기려 애쓰던 나와 욕망을 인정하고 싶어 하는 내가 마주했습니다. 부끄러웠지만 반가웠습니다. 곧장 펜을 들었습니다. 무거웠던 택배 상자 대신 그보다 훨

씬 묵직한 질문의 무게가 손끝에 실렸습니다. 사고 싶다는 마음을 억누르며 살아야 했던 지난날의 기억들, 결핍을 물건으로 채우려 했던 보상 심리, 그리고 아이에게는 가르치면서 나에게는 허용하지 못했던 엄격한 잣대까지. 하나의 씨앗을 붙들고 쓰기 시작하자 다른 씨앗들도 덩달아 고개를 내밉니다. 꼬리에 꼬리를 무는 문장들을 따라가다 보면 부끄러움은 어느덧 투명한 고백이 됩니다. 다시 택배 상자를 봅니다. 이제 그 안에는 오늘 건져 올린 문장들이 담겨 있습니다.

최근, 입국 신고서의 직업란 앞에서 잠시 멈칫했습니다. 볼펜 심은 '주부'의 마지막 모음을 채 긋지 못하고 멈추었어요. 번지는 잉크를 응시하다가 펜 끝을 돌려세워 적었습니다.

작가

사각의 작은 용지는 여권 속으로 조용히 숨어들었습니다. 마음을 들킨 사춘기 소녀처럼 얼굴이 순식간에 달아올랐지요. 감히 작가라고 써도 될까? 망설였지만, 필요한 건 오직 나를 긍정할 용기였습니다. 더는 생각을 눌러둘 수 없습니다. 내 안의 목소리를 받아들이고 감정을 책임지며 살아가려 합니다. 세상 뒤에 숨어 탓하는 대신 정면으로 마주하려 합니다.

이 책은 당신의 인생을 송두리째 바꾸거나 대단한 지식을 전달하진 않습니다. 다만, 당신도 다시 꿈을 가질 수 있다는 당연한 사실을 새롭게 알게 된다면 나는 더없이 기쁠 것입니다. 마음속에 사그라질 듯 조용히 타고 있는 불꽃을 찾아보세요. 손바닥으로 바람을 막고 숨마저 조심하는 정성으로 돌보고 싶은 게 있다면 꿈은 이미 살아나고 있는지도 모릅니다.

설거지는 미루면 쌓이지만, 꿈은 미루면 멀어집니다. 문득 떠오른 생각 하나를 적으며 내 안의 나를 가만히 들여다보는 것으로 시작합니다. 식지 않는 욕심 하나 꼭 쥐고 보살피는 일, 그것이야말로 일상에 매몰되지 않고 꿈을 살려 내는 유일한 힘이니까요.

같이 선언할까요. 우리는 모두, 각자 삶의 작가입니다.

하나.
쓰고 싶다는 마음, 그 시작

미루겠다는 것은 쓰지 않겠다는 것이다.

– 테드 쿠저

왜 그토록 화가 났을까

다신 못 만날 것 같은 사람을 만났습니다. 좋은 사람이라는 말로는 부족한 사람이었어요. 좋은 관계란 어쩌면 아주 단순하고 본능적인 것일지도 모릅니다. 내가 하려던 말을 그가 먼저 꺼내고, 그의 말을 내가 대신 이어 주는 사이. 커피잔을 사이에 두고 내가 품었던 말을 그가 먼저 내놓을 때면 두 심장은 알 수 없는 동시성에 떨렸습니다.

아, 나도 방금 그 생각했는데.

이런 순간들이 쌓이면서 우리는 서로에게 속하길 바랐습니다. 그리고 너여야만 한다는 확신이 어떠한 의문도 없이 사이를 메워 주었습니다.

결혼 후 몇 년이 지나자, 마법 같던 순간들이 사라졌습니다. 어느 저녁, 설거지하다가 깨닫습니다. 서로의 말을 대신해 주던 우리가 이제는 자기 말만 쏟아 내고 있다는 것을요.

"당신도 알잖아. 나 힘든 거."

"네 마음 알아. 하지만 내 상황은……."

서로를 이해하려는 마음이 점점 사라졌습니다. 상대를 이해하는 일은 곧 나를 마주하는 일인데, 그럴 용기가 없었어요. 성급한 타협점만 찾으려 했습니다. 문제는 해결되지 않은 채 남아 있었고, 자기 연민의 굴레 속에서 우리는 같은 말만 반복하고 있었습니다. 마지못해 끄덕이더라도 상대의 입장에는 결코 진심으로 동의하지 않았습니다.

소설계에는 대대적인 베스트셀러가 등장했습니다. 이름하여 『82년생 김지영』.

몇 페이지를 넘겼을 뿐인데 눌러놓은 감정들이 불쑥불쑥 일어나는 것을 느꼈습니다. 영화까지 보고 난 뒤엔 끝내 리모컨을 던져 버리고 말았죠.

영화 주인공이 베란다에서 빨래를 너는 장면 뒤로 내게도 익숙한 해가 뉘엿뉘엿 지고 있었습니다. 해는 기울어 집 바닥에도 뾰족한 햇살을 드리웠고요. 뜨겁다 못해 바늘처럼 따끔했습니다. 무력감과 자괴감처럼 복수로 다니는 감정들이 내게 떼로 달려들면 나는 붉어진 눈으로 해와 맞섰습니다. 아마도 해를 핑계 삼아 분출하고 싶은 것이 있기 때문이었겠지요. 자리에 서서 뜨거운 것을 한참 게워 냈습니다. 아프냐는 말엔 고개를 저었지만, 괜찮냐는 말엔 아무 답도 할 수 없었습니다.

왜 그토록 화가 났을까요. 아마도 영화 속 여자가 나와 너무 닮아 있어서였을 겁니다. 나의 존재와 의무와 사랑이 경계 없이 얽혀 있던 것처럼 그녀 역시 자신이 누구인지 잃어 가고 있었으니까요.

아내와 엄마로만 살아가는 게 전부일까. 다른 길도 있지 않을까.

노트북을 열어 이력서를 쓰기 시작했습니다. 창이 이력서로 가득 차면 이력서가 나인지 내가 이력서인지 구별하기 어려웠습니다.

나보다 나이 어린 면접관의 볼 화장이 싱그럽습니다. 그녀의 입에서 나온 "일을 오래 쉬셨네요."라는 문장이 물음표인지 느낌표인지 알 수 없습니다.

"저는 일을 쉰 게 아니라 육아를 한 것입니다. 이력서에 적

히지 않은 시간도 제 경력의 일부로 봐 주셨으면 좋겠습니다."

잠시 묵직해진 공기가 나와 그들 사이를 한 뼘 정도 더 벌려 놓습니다. 다소 차가워진 그들을 대면하고 있는 나는 실로 내가 누군지 잘 모르는 상태입니다. 성취나 인정을 얻는다면 과연 만족할 수 있을까. 일터에 있는 동안 집에 있는 아기가 생각나면 일에 집중이나 할 수 있을까.

면접관 등 뒤 유리창에는 시선에 따라 지친 내 얼굴이 비치기도, 바쁘게 달리는 차들과 환하게 불 밝힌 건물들이 보이기도 합니다. 나는 그사이 어딘가에 우두커니 서 있습니다.

집으로 돌아오는 길, 마음은 여전히 막막합니다.

계속 이런 식으로 살아야 하나.

내 인생이 이게 다인가.

서로를 바라보며 사랑한다고, 존경한다고 말한 게 언제였는지 기억도 나지 않습니다.

자주 부딪혔습니다. 남편을 선장으로 앞세운 배에서 방향을 잃은 나는 꽥꽥 소리만 질러댔지요. 풍랑이 몰아치고 배가 흔들릴 때마다 웅웅거리는 엔진 소리 뒤로 아기 울음소리가 끊이지 않았습니다. 기저귀를 갈아 줘도 젖을 물려도 그치지 않는 울음. 작은 주먹을 쥐고 온몸이 빨갛도록 우는 아기를 보면서 눈물이 났습니다.

"미안해, 엄마가 화를 내서 미안해."

하지만 분노를 멈출 수는 없었습니다. 삶터는 이미 전쟁터나 다름없었지요. 장롱 위에 놓인 성혼선언문은 먼지 하나 없는 파란 겉장을 간직하고 있었습니다. 그 속의 약속들이 얼마나 새파랗게 질려 있는지도 모른 채.

출발선이라고 생각했던 곳은 정지선이었습니다. 출발 사인을 보고 뛰기 시작했는데 알고 보니 정지 사인이었어요. 길이 막혔다는 것, 그걸 깨닫기 위해 모든 혼란의 시간이 필요했습니다. 당신도 나처럼 이런 길을 걸어왔을 겁니다. 사랑으로 시작한 결혼이 언제부턴가 서로를 향한 지루한 소모전이 되고, 꿈꾸던 엄마의 모습과 현실 사이에서 자책하며, 다시 사회로 나가려 해도 경력 단절이라는 꼬리표가 따라붙는 길 말이에요.

나는 누구인가, 라는 질문 앞에서 아내도 엄마도 아닌, 여자 자신으로 답할 수 있는 날이 오기까지 얼마나 오래 걸리든, 얼마나 험난하든 포기하지 말아야 한다는 걸 이제는 압니다. 진정한 출발은 상황과 환경이 허락하는 것이 아닌 내가 누구인지, 무엇을 원하는지 스스로 솔직해지는 것부터 시작되는 것이었지요. 혼란도 분노도 절망도 모두 당연했습니다. 폭풍 같던 시간이 지나고 나서야 비로소 진짜 항해를 시작할 수 있게 되었으니까요.

'어쩔 수 없었어' 라는 타협

내 안에는 두 명의 '나'가 살고 있습니다. 하나는 마음이고, 다른 하나는 몸이지요. 둘은 서로 다른 말을 합니다. 몸은 착한 아이 같습니다. 마음이 '이것 좀 해 줘'라고 하면 '응, 알겠어' 하며 잘 따라 줍니다. 반대로 마음은 떼쟁이 같습니다. 몸이 '그만 좀 하자, 힘들어' 해도 '싫어, 더 할 거야!' 하며 고집을 부리지요. 지금도 그렇습니다. 몸은 '등을 의자에 기대고 앉아!' 하지만, 마음은 '아니야, 이렇게 앞으로 숙여서 써야 집중돼' 합니다. 그래서 나는 지금도 등받이를 등지고 목을 쭉 뺀 채 글을 쓰고 있습니다.

젊은 사람일수록 마음의 말에 귀를 더 기울이는 것 같아요. 먹지 말라고 했던 캐러멜 사탕을 아이는 오늘도 몰래 까서 먹었습니다. 입에서 단내가 나면 '또 먹었구나' 한숨이 나지만, 한때는 나도 그랬으니 아이 마음을 모르지 않아요. 먹는 것만 그럴까요? 젊은이들은 잠도 자고 싶을 때 자고 잠이 오지 않으면 굳이 자려고 하지 않지요. 밤을 새우거나 늦잠을 자기도 하고 생활의 리듬보다는 순간의 감각에 따라 움직이는 모습입니다.

나이 드신 어른들은 어떤가요. 끼니는 하루 세 번, 내복약처럼 규칙적으로. 다음 날을 위해 잠은 반드시 잘 자야 합니다. 과거 젊은이였던 그들은 어떻게 몸의 말에 순종하는 법을 배우게 된 걸까요. 아니, 어쩌면 이렇게 묻는 게 더 맞을지 모르겠네요. 어떤 계기로 몸과 마음이 뜻을 같이하게 된 걸까 하고요.

요가 수업이 있는 오후 2시가 가까워집니다. 괜히 머리가 아프고 눈꺼풀도 무겁습니다.

시간은 1시 50분.

지금 나가면 딱 맞는다. 자칫 늦게 들어가면 민망할 텐데 얼른 가방을 챙겨야지.

1시 55분. 뛰면 아직 괜찮다.

1시 58분. 나가야 하는데 핸드폰이 어디 있더라?

2시 이분. 아, 늦었다.

소파에 몸을 깊게 묻습니다. '어쩔 수 없었어'라는 한숨은 사실, 합리화의 다른 얼굴입니다. 살짝 일렁인 안도감은 나만 느낄 수 있기에 눈감을 수 있습니다. 안 간 게 아니라 못 간 것입니다.

저녁에도 마찬가지입니다. 서두르면 충분히 갈 수 있는 시간인데 괜히 팔을 걷어붙여 설거지를 시작합니다. 운동하러 갈 시간엔 집안일이 왜 이리 많아 보이는지. 습관처럼 푸념을 수돗물에 흘려보내고, 뽀얗게 씻긴 그릇들이 소란스레 부딪치며 건조대 위로 쌓여 갑니다.

마음의 말은 요사스럽고 변덕스럽습니다. 하루에도 몇 번씩 말을 바꾸지만, 자신이 무슨 말을 했는지 자주 잊어버립니다. 게다가 시끄럽기도 합니다. 귀를 막아도 이명처럼 들려오고 외면하려 해도 자꾸만 고개를 들이밉니다.

몸의 말은 어떤가요. 느리고 단순합니다. 한번 내뱉은 말은 좀처럼 바뀌지 않죠. 너무 조용해서 웬만해선 잘 들리지도 않아요. 듣지 않으려 한다면 무시해 버리기 쉬운 상대입니다. 그런데 알고 있나요. 조용한 말이 쌓이고 쌓이다 보면,

어느 날 몸이 아예 입을 닫아 버릴 수도 있다는 사실을요.

운동 계획을 성실히 지켰든 그렇지 않았든, 시간은 똑같이 흘러갑니다. 몸은 마음의 변덕을 다 받아 주며 단단히 호구가 되어 버렸어요. 자신을 눕혀 마음의 기복을 묵묵히 견뎌 냈습니다. 끝까지 나를 지키려 애썼고, 심지어 균열조차 감춰 주었습니다.

마음의 말이 앞서면 기분은 좋아져야 마땅한데 오히려 불편했습니다. 식구들은 자주 내 눈치를 봐야 했어요. 엄마 오늘 기분 괜찮아? 아이에게 묻는 남편의 퇴근 인사는 거의 일상이 되었습니다. 내가 우울하면 세상은 빛을 잃습니다. 창에 드리운 암막 커튼이 화난 사람처럼 입을 꾹 닫고 있습니다. 밖에 아무리 꽃이 피고 색채가 지천으로 널려 있어도 직접 보지 않으면 세상은 우중충하지요. 그렇게 나를 가두고 옥죄던 흑백 시절의 끝은 몸의 목소리를 듣기 시작한 시점과 거의 맞물려 있었습니다. 서툰 시절을 잔뜩 보낸 후의 일이었지요. 차곡차곡 쌓여 갔던 것은 살뿐만이 아니었습니다. 이후, 마음은 몸을 함부로 대하지 않게 되었습니다. 먹고 마시는 모든 일에 몸의 의견을 묻기 시작했어요. 규칙적으로 나를 먹이고 자세를 고쳐 앉는 순간마다 마음은 몸 앞에 조용히 엎드렸습니다.

몸이 말하기 시작하면 삶은 지각변동을 일으킵니다. 젊음의 빛이 아직 한창일 때, 나는 항암 치료를 앞두고 있었습니다. 어떻게 살 것인가, 질문에는 아픔이 따라붙었습니다. 어떠한 마음으로 살고 싶은지 내 안의 나에게 꼭 물어야 했습니다.

질문은 돌고 돌아, 몸을 존중할 때 비로소 나라는 존재가 온전히 지켜진다는 결론에 닿습니다. 심지를 세우고 목표를 추구하는 일련의 자기 계발도 몸의 협조가 없다면 다 무슨 소용일까요. 건강을 잃으면 다 잃는다는 뻔한 말을 하려던 건 아니었지만, 몸이 무너지면 마음도 제자리를 찾기 어렵다는 건 분명한 사실입니다. 내가 어떻게 죽을지를 나는 모르지만 내 몸은 알지도 모릅니다.

마음이라는 떼쟁이가 조금씩 어른이 되어 갑니다. 앞서 말한 어른들의 모습이 다 이렇게 만들어졌다고 할 수는 없습니다. 겪기 전에 깨닫는 사람도 있고 몸이 힘들어지고 나서야 알게 되는 사람도 있으니까요. 나는 후자에 속했습니다. 필연의 과정을 통해 몸과 마음이 타협하는 법을 배우게 된 건 아닐까 합니다. 그리고 어르신들처럼 이런 말을 할 수 있게 되었지요.

"몸이 마음이기도 한 거지!"

봄을 기다리며

　　의사는 여덟 차례에 걸친 항암 치료 일정을 내놓았습니다. 내 남은 생을 지켜 내겠다는 의지가 그의 나직한 목소리와 또렷한 눈동자에서 읽혔습니다. 살아갈 힘은 내 안이 아니라 그 안에 있는 듯했습니다.

　　진료실 앞 복도에는 나 같은 이들이 명태처럼 주르륵 코를 꿰고 바듯하게 서 있었습니다. 한 명씩 차례로 들어가 바들바들 떨다가 안도하고, 다시 떨기를 반복했지요. 낯선 외국어를 모국어처럼 알아듣느라 눈이 벌게졌습니다. 천덕꾸러기 같던 나는 갑자기 철든 아이가 되어 연신 고개를 주억거렸습니다.

　　상하이의 봉쇄는 참으로 길고 혹독했습니다. 2022년은 전 세계가 팬데믹의 중심을 통과하고 있던 시기이자, 내게는 암 투병까지 겹쳐있던 시간이었습니다. 확진자를 좀비로 보는 시선에 온 도시는 좀비 공포증에 사로잡혀 있었습니다. 누가 감염됐는지, 누가 위험한지, 눈빛으로 판단하고 밀어냈지요. 어디 이곳만 그랬을까요. 천 조각 하나로 너와 나를 구분하며 말을 건네기도, 미소를 나누기도 어려운 세상이 당시엔 정상이고 일상이었습니다.

사는 게 사는 것 같지 않다는 말, 그 시절 주고받던 문자속 단골 메시지였어요. 나 역시 분명 살아 있었지만 살아 있는 얼굴은 아니었습니다. 하루하루 버틸 뿐이었지요. 하지만 나를 정말 힘들게 했던 건 치료가 아니었습니다. 진정한 고통은 자유를 빼앗긴 채 흘려보내야 했던 시간 속에 있었습니다. 시민들의 이동은 철저하게 통제되었습니다. 병원에 보내달라는 울부짖음은 공공의 안전 앞에서 철저한 무음이 되었어요. 자유만 허용된다면 그 밖의 모든 것은 사소한 일로 치부해도 좋을 것 같았습니다.

환자에게 치료 일정을 지키는 일은 중요합니다. 치료 효과를 기대하기 위한 기본 조건이니까요. 일정이 조금만 어긋나도 몸은 금세 예민해지고, 마음은 불안해졌어요. 그래서 병원 일정은 환자에게 시간표가 아니라 생명줄에 가깝다고도 할 수 있습니다. 그런데 그 생명이 치료의 결과가 아닌 통행의 자유라는 이름 아래 좌우되고 있습니다. 정전된 도시에 혼자만 깨어있는 기분. 배터리 없는 손전등을 쥐고 한 걸음도 나아갈 수 없었던 날들. 무력감을 안고 나는 깊은 어둠 속으로 끝없이 추락하고 있었습니다.

생각은 세균도 바이러스도 아니면서 자꾸 제멋대로 분열하고 증폭합니다. 결과지의 토씨 하나에 매달려 밤을 새울 때면 머릿속은 끝없이 부풀려져 과거의 상황들을 반복 재생합니다.

마흔쯤의 나이. 이제 인생의 상류를 지나 중류쯤으로 흘러가고 있다고 믿었습니다. 그런데 곧장 급류를 타고 하류에 닿아 버린 느낌입니다. 눈과 코를 찌르는 거센 물살, 그 속도와 압력에 저항할 틈도 없이 휘청이고 있습니다.

나는 나를 지킬 수 있을까요.

격리의 시기에도 투병의 시기에도 바깥세상에는 어김없이 봄이 찾아왔습니다. 야들야들한 초록이 언 땅을 뚫고 나오면 향긋한 봄의 정취가 화면을 가득 채웁니다. 봄은 온몸의 촉수로 느껴야 마땅한 계절인데, 나는 티브이 너머로만 봄을 구경할 뿐입니다. 화면 속에는 꽃잎 한 장에 마음을 담고 바람 한 줄기에 고요히 응답하는 사람이 있습니다. 우린 화면을 사이에 두고 너무나 다른 봄을 보내고 있었어요. 농부는 땅을 갈아 고랑을 세우고 기름진 흙 위로 가는 씨앗을 뿌리고 있었습니다. 그 깨알 같은 것들을 지켜보는 일은 참으로 경이로웠습니다. 카메라는 시간의 흐름을 몇 배속으로 가속하는데, 뿌리는 캄캄한 암흑으로, 줄기는 광명한 세상으로 힘 있게 뻗어 갑니다. 파랗게 여문 박의 곱슬한 줄기가 말뚝 위로 야금야금 기어오릅니다. 개중에 지붕 위로 오르고 싶은 것들은 지붕 위로 올랐습니다. 오이는 꽃 한 송이를 피우고자 하면 피웠고 작은 오이 하나를 맺고 싶으면 맺었습니다. 그마저 원치 않으면 꽃을 피우지도 열매를 맺지도 않으면 되었지요. 누구도 왜냐고 묻지 않았습니다. 얕은 창공을 가르며 나비가 제멋대로 날아다닙니다. 노란 나비가 담장을 넘는 것을 보고 흰나비가 덩달아 날아듭니다.

어렵사리 병원에 한차례 다녀오기라도 하면 2주 동안 현관문을 닫아야 했습니다. 바깥세상에서 끌고 들어왔을지 모를 바이러스에게 스스로 몰살하는 시간을 주는 거지요. 관리실에선 우리 집 현관문에 테이프를 붙였습니다. 날카롭고 찢어지는 소음을 남기고 그들이 떠나면 나는 적막 속에 갇혀 버립니다. 아, 자유를 만나 본 적이 언제인가요. 알고 싶어요. 나의 자유는 어디로 갔는지. 지붕 위의 박이, 오이가, 그리고 노란 나비와 흰나비가 이리도 소스라치게 부러운 적이 있었던가요.

잃어버린 자유에 대해 생각합니다. 역병이 앗아간 이동의 자유, 질병이 빼앗아 간 존재의 자유, 부조리에 맞설 자유, 자연을 누릴 자유.

그리고 묻습니다. 자유는 다시 떠날까요. 원망과 걱정 속에 질문을 던지다 지쳐 갈 때쯤, 문득 깨닫습니다. 끝없이 웅크려 있던 시간이 없었더라면 자유가 이렇게까지 감사했을까.

돌아온 자유에 응답하는 문제, 그것은 다시 나로 살아 보겠다는 의지입니다. 그 후, 내 안에는 우렁찬 것들이 생겨났습니다. 숨 쉴 때마다 잔잔하게 일렁이던 감정들이 목구멍으로 역류했습니다. 시큼했어요. 하루에도 여러 번 눈시울이 뜨거워지면 혀뿌리가 시큰해집니다. 존재의 바닥에서 그만 튕겨 올라가고 싶습니다. 강을 거스르고 싶어요.

위로의 말은 누가 해 주나요

훌쩍 지나가 버렸으면 싶은 시간도, 오래오래 붙잡아 두고 싶은 순간도 시간의 속도는 같습니다. 시간은 누구의 편도 아니니까요. 그런데 빨리 지나가길 바라는 시간일수록 느리게 흐르는 느낌입니다. 7개월의 투병 기간이 열 배는 더 길게 느껴졌던 것도 아마 시간의 이런 성질 때문이었겠지요.

가까스로 강의 하류를 거슬러 오르고 있습니다. 정기검진은 일 년에 네 번이었다가 두 번으로 줄었지만, 작은 수치 변화에도 여전히 가슴은 요동칩니다. 결과가 높게 나오면 목걸이와 반지 같은 장신구를 다 빼서 서랍에 넣어 둡니다. 마음이 무거운 날엔 가벼운 것조차 버거워지니까요. 이럴 때면 마치 내가 질병이고 질병이 나인 것 같은 기분이 듭니다. 몸과 마음이 하나의 불안으로 엉켜 버리는 순간을 나는 여전히 통과하고 있습니다.

그러나 지난했던 시간도 조금씩 잊혀 갔습니다. 때로는 잊을 수 있다는 사실이 큰 위안이 되기도 했지요. 고통도 아픔도 엷어지면 안개가 걷히듯 실재하는 것들을 제대로 실감하게 됩니다. 생각은 몇 해 전 그날, 진료실에서 의사의 엄숙한 얼굴을 마주했던 그 순간의 나를 비춥니다. 떨리는 손을 진정시킬 수 없던 그날의 나에게 지금의 나는 어떤 말을 해 줄 수 있을까요. 할 수만 있다면 말하고 싶습니다. 다 괜찮을 거라고. 알지 못하는 사이에 누구나 정상과 비정상의 수치를 오간다고. 그것은 '안다'와 '모른다'의 차이일 뿐, 건강이란 본래 그런 진동 속에서 균형을 잡아가는 것이라고.

검진 차 들른 병원 대기실 구석, 이제 막 진단을 받은 근심 가득한 얼굴 하나를 보았습니다. 그 마음을 너무도 잘 알기에 그녀를 바라보며 기도를 드렸습니다.

'그녀 앞에 일어난 일의 실제보다 생각이 앞지르거나 부풀려지지 않게 해 주세요.'

신의 의도였을까요. 그녀가 다가왔습니다. 초로의 그녀는 자신의 침침한 눈인지 까막눈인지를 탓하며 결과지를 내밀었습니다. 내가 외국인인 건 모르고 엑스트라 환자 3호쯤으로 생각했겠지요. 나는 손사래를 치며 결과는 의사에게 들으라고 밀어냈어요. 그러나 주변 소리를 소거해 버리는 결과지의 위력 앞에서, 그녀는 내게 받아 낼 빚이라도 있는 듯 조급하게 굴었습니다. 결국 나는 종이를 가만히 응시했습니다. 그리고 떠올렸지요. 당시의 나에게 그토록 해 주고 싶었던 말을 말입니다.

"여기에 이 정도도 안 아픈 사람 없어요. 너무 쫄지 마세요."

칙칙한 병색이 싹 걷힙니다. 그녀는 눅눅한 머리카락을 매만지며 "쫄지 마! 쫄지 마!" 외치기까지 했어요. 그게 뭐라고 그리 좋아할 일인가 싶었지만, 환자는 원래 그런 사람이에요. 누군가의 말 한 마디에 어깨가 펴졌다 쳐졌다, 기운을 얻었다 잃었다 하는 게 일인 사람이지요.

진단받았을 무렵, 나는 많은 위로를 받았습니다. 관심으로 포장된 위로였지만 그 안에는 선을 넘는 시선이 뒤섞여 있었습니다. 앞으로 어떡하느냐는 물음부터 식구들 뒷바라지 걱정, 그리고 아이가 어려서 어쩌냐는 탄식까지. 말은 걱정처럼 들려도 그건 판단에 가까웠습니다. 위로에 숨겨진 의미를 헤아리며 오래 머물렀습니다. 그들이 생각하는 비극이 진실일까 하며 내 생각을 의심하기도 했지요.

　내일 일은 알 수 없습니다. 알 수 없는 것은 말할 수도 없어요. 누구도 내게 아무것도 묻지 않기를 바랐습니다. 위로받을 준비가 안 된 환자는 타인의 위로에 벌을 받습니다. 말하지 않음으로써 말해지는 의미들이 있습니다. 위로를 받는다는 것은 그런 것입니다. 입을 다물고 가만히 있어 주는 것, 그것 역시 위로일 것입니다.

　줄곧 침잠해 버리는 나를 끌어올린 건 누군가의 뻔한 위로도 눈물도 아닌 아주 서툰 위로였습니다. 그것은 울상을 한 얼굴과 울먹이는 목소리의 가장 반대편에 있었어요. 평소와 같은 시답잖은 농담에 나는 잠시나마 환자라는 사실을 잊었습니다. 심각하지 않은 표정과 몸짓, 그리고 병명으로 나를 속박하거나 규정하지 않는 태도, 그 담백한 배려에 얼마나 큰 위로를 받았는지 그들은 과연 알까요. 어느 학부모의 암 투병 고백, 수십 년째 무탈하다는 지인 이모의 실화, 그리고 눈치 보지 않고 사 온 프라이드치킨. 일상성을 가장한 위로는 조용히 이렇게 말하는 듯했습니다.

　'그러니 너도 괜찮을 거야.'

코끝에 닿는 구수한 닭튀김 냄새가 나를 위로합니다. 살코기를 발라 입안에 쏙 넣으면 혀의 미뢰들이 맛의 언어를 알아듣고 엄청난 위로를 받습니다. 일상의 언어는 그 자체로 위로였습니다.

일기장이 있습니다. 연필을 잡고 싶을 때 쓰던 드문드문한 페이지들. 그 사이엔 일상의 위로가 가득합니다.

물을 끓였다.

짧은 문장 속에 담긴 진짜 삶의 발자취를 봅니다. 살아온 날이 길어질수록, 계속 살아갈수록 우리는 더욱 '진짜 삶'을 갈망하게 되는 것 같습니다. 마치 매일 무엇을 반복했는지가 나라는 사람을 정의하기라도 하듯 일상의 사소한 구석을 가만가만 더듬어 보았습니다. 물을 끓인 것 외에도 거울의 지문을 닦았고, 읽은 책을 뒤집어 책장에 꽂아 두기도 했습니다. 쓸모를 계산하지 않으며 같은 일을 되풀이했어요. 그건 내가 살아 있기에 할 수 있는 일이었고, 살아 있지 않다면 할 수 없는 일이었습니다. 무언가를 반복한다는 건 곧 살아 있다는 증거가 됩니다. 자리에서 일어나 음악을 틀고 식탁보를 정리하는 일상의 모든 행위가 오늘도 나를 세웁니다. 나는 이제 일기장에 또 한 줄의 쓸모없는 문장을 적습니다.

　삶이라는 바탕은 너무 광활해서 그 위에 무엇을 그리든 사소해 보일 수 있습니다. 그러나 그 작은 점과 선이 내게 전부라면 그걸로도 우린 집을 그려야 합니다. 내가 가진 것, 내가 보는 것, 내가 할 수 있는 것들로 일어나고 회복해야 합니다. 인생길에 만나는 별것 아닌 일들이 당시에는 아무 쓸모 없어 보일지라도 인생에서 무쓸모란 없지요. 이 말을 하려고 길게 돌아왔습니다. 위로는 어떤 대단한 쓸모에서 오지 않습니다. 쓸모는 없을수록, 의미는 사소할수록, 표현은 서툴수록 우리는 더 깊이 위로받을 수 있습니다. 한 줄이라도 일단 씁니다. 오늘 해가 떴다, 도 좋아요. 오랜만에 걸었다, 도 괜찮지요. 생각보다 나는 나를 잘 달래고 지킬 수 있습니다. 이제 나는 멋지게 사는 법보다 제대로 사는 법에 가까워지고 있습니다.

나도 늙을 수 있구나

동행을 따라 오랜만에 미용실에 왔습니다. 문을 열자, 사람들의 습한 날숨과 과열된 헤어드라이어 모터 냄새가 콧속으로 훅 파고듭니다. 빽빽하게 들어앉은 사람들도, 그들이 가진 빽빽한 머리숱도 저마다의 생기를 뽐내고 있습니다. 그 모습을 바라보고 있노라면 나는 놀거리를 잃은 사람처럼 멍해집니다. 고깃집에 앉은 채식주의자처럼 젓가락이 닿을 곳을 살펴보지만, 여긴 애초부터 내가 올 곳은 아닌 듯합니다.

머리카락이 다시 나기 시작했습니다. 하지만 어깨까지 기른 머리카락이 요즘 들어 한 움큼씩 빠져나갑니다. 그래서 나는 좀처럼 미용실에 오지 않습니다. 속을 알 리 없는 미용사의 빗질에 남은 머리카락마저 놓칠까, 안절부절못하는 대신 조용히 상황을 피하는 거지요.

가장자리에 있는 의자 하나를 끌어다 앉았습니다. 머리끈을 풀고 머리카락을 가만히 훑어내립니다. 오늘은 또 몇 가닥이나 빠졌을까. 손가락 사이에 걸린 비움의 흔적과 어렵게 더해진 생기의 기록을 나란히 놓아봅니다. 애석하게도 비움의 속도가 곱절은 빠른 것 같습니다.

빠진 머리카락을 가만히 들여다보면요, 그 안에도 시간이 있고 이야기가 있습니다. 서로 다른 생의 궤적이 담겨 있어요. 어떤 것은 이제 막 모낭을 뚫고 나온 배냇머리를 닮았습니다. 바늘처럼 뾰족한 끝으로 두피를 뚫고 나오다가 점차 굵어진 모양을 띠지요. 중량감 없는 솜털. 신생아의 숨결 같은 보드라운 질감. 아직 자라지도 못한 채 빠진 그 짧고 여린 모발을 보면 마음 한쪽이 아릿해집니다. 자연은 어린잎을 돋우고 빛깔을 입히면서 풍성한 성장 곡선을 그리지만, 내게는 더 이상 그 곡선이 허락되지 않는 것일까. 미묘한 상실감에 자꾸만 손이 머리로 갑니다.

그중에는 결이 조금 다른 가닥도 있습니다. 적어도 한 번 이상 끝이 잘려 나가 만지면 뭉툭하고 단단한 것이지요. 입대를 앞둔 예비 훈련병의 삭발한 머리끝처럼 탄력 있고 생기가 넘칩니다. 제 몫에 충성하고 빠진 머리카락에는 고생했다, 나직이 읊조리며 좀 전의 안타까움을 누그러뜨립니다.

　흰머리를 뽑지 않기로 했습니다. 쓸어내린 손가락 사이로 흰 머리칼이 섞여 나올 때면 손 안 대고 코 푼 것 같은 희열을 느끼기도 합니다만 억지로 감추거나 들어내진 않을 겁니다. 언젠가는 드러날 검정의 바다. 그 매장량에 솔직해지기로 했어요. 메마른 모습도 세월의 흔적도 미숙과 미완의 모습도 다 나를 이루는 조각이니까요. 난 아주 늙어서의 내가 궁금합니다. 거울에 문득문득 보이는 노화의 흔적도 신기해요.

　나도 늙을 수 있구나.

　미처 알지 못한 능력을 깨달은 것처럼 설레기 시작하면 그때부턴 노화가 산뜻하게 다가옵니다. 젊음과 검은 머리를 부여잡지 못해 애달파하던 마음은 어쩌면 노년의 아름다움을 그려내지 못한 상상력 부족이 빚어낸 오해였을지 모릅니다. 생각과 상상이 만들어 가는 유려한 노년을 살 겁니다. 늙어간다는 것, 그것은 누구나 누릴 수 있는 흔한 행운이 아니니까요.

　노인이 하루아침에 노인이 되지 않았듯 흰머리도 하룻밤 사이에 희어지진 않았을 겁니다. 시간의 태엽을 감아 보면 검정은 차츰 진회색이 되고 다시 연회색으로 변했을 테죠. 같은 하양이라도 여러 채도와 명도를 지나왔을 것입니다. 머리 위엔 하양이 넓어지고 검정이 줄어드는 페인트 공사가 한창인데 내 안의 인테리어는 무슨 색으로 물들고 있는지 골똘해집니다. 흰머리를 부인하는 행위에 대해 생각해요. 나는 과연 희게 발효되고 있나 검게 부패하고 있나. 내면의 빛은 밝게 차오르고 있나 어둠 속으로 은둔하고 있나. 세월의 흔적을 무시하기보다 기꺼이 인정하기를, 잊으려 애쓰기보다 그리워하는 마음의 비중을 늘려가고 있는지 자문합니다.

이 가냘프고 가벼운 것들은 쉼 없이 새로워지고 있습니다. 촘촘한 모공을 밀고 나오는 박력도, 달아나지 못하게 잡아매는 구속도 실감할 수 없지만, 머리카락은 어느 틈에 제 길이를 늘여놓습니다. 미루는 법을 모르지요. 나와는 다릅니다. 그래서 나는 머리카락의 목소리를 듣습니다. 빠지게 될지언정 일단은 온 힘을 다해 자라봐야 하지 않을까. 그래야만 생에 대한 직무 유기는 피할 수 있지 않을까.

느긋하게 어슬렁대던 시간은 언제든 미친 듯 달려 나갈 준비를 하고 있습니다. 어느 날 갑자기 모든 것이 너무 늦어져 있을지 모릅니다.

지금이라도, 이미 희게 변한 것을 쓰고 은빛으로 쉼 없이 빛을 달리하는 날들을 쓰기로 합니다. 그리고 아직 검게 남은 다행하고 감사한 날들에 펜을 세웁니다. 명주실에서 지푸라기까지 귀하지 않은 머리카락은 없습니다. 우리에게 감히 쓰지 않고 버려 둘 날이란 없지요. 숨이 붙어있는 한 너무나 스중해서 머리털처럼 지키고 싶은 것들을 기록하려 합니다. 떠나는 것들에게는 펜의 방식으로 미련없는 작별의 인사를 건넬 것입니다. 온전히 간직하기 위해 온전히 떠나보내려 해요. 무게를 덜어 낸 후에 성큼 다가오는 개운함과 안도감이 있을 것입니다.

말을 아끼면 글이 된다

나는 말을 머금는 사람입니다. 아니, 머금기로 한 사람입니다. 삼킬까 뱉을까를 따지는 중에 얼마나 많은 서슴서슴한 것들이 끓어오르고 있는지 그 정면과 이면을 고루 살피지요. 마땅히 삼켜야 할 것을 뱉어보기도, 뱉어야 할 것을 삼켜 본 날들을 기억합니다. 이슬아 작가는 세상엔 그냥 해버리면 좋은 일투성이라고 말하지만, 난 그 말에 동의하면서도 말에 대해서만은 주저합니다. 머금은 대부분은 나오지 않았을 때가 더 좋았던 것 같거든요. 누군가는 때때로 방출을 부추기기도 했습니다. 아직 흥볼 준비도 되지 않은 사람에게 자꾸 왜냐고 물으면서요. 토해진 말의 책임이 오롯이 내 몫으로 남겨진 날은 어김없이 공허와 부끄러움을 이불처럼 덮고 자게 됩니다.

충분히 숙성되지 않은 말들이 전력 질주로 가 닿습니다.

같은 때때로 화살처럼 날아가 상대의 마음을 찌르고 마음의 문을 철컥 닫아 버리게 하지요. 나는 유해한 농담을 좋아하던 사람이었습니다. 돌아보면 어찌 그리 끔찍하리만큼 웃기지 않은 이야기를 하면서 실실거렸는지 알 수가 없어요. 어떤 이의 외모를 희화한 일도 있고, 마땅히 성내지 못하는 이를 보며 무르다고 얄궂게 군적도 있지요. 다행히 좋은 사람들을 만나 지금껏 살아 있어 감사할 뿐입니다. 그만큼 당최 감당하기 어려운 내가 있었습니다.

심한 말을 아무렇지 않게 한다.

급우의 장단점을 한 문장씩 적어 내던 학급 롤링 페이퍼에서 내게 온 한 줄입니다. 이해할 수 없다는 듯 웃었어요. 험담이 들려오면 오히려 문제를 상대에게 돌리며 방어하기에 급급했습니다. 하지만 마음 한편에서는 그런 내 모습을 어렴풋이 알고 있었어요. 인정하면 사과해야 하는데 사과할 줄 모르니 인정도 못 했지요. 상대가 나를 견뎌 주고 있다는 걸 느낄 때면 통제 잃은 입이 신물 날 정도로 싫었습니다. 그후, 말을 꾹 참으며 내가 얼마나 입을 닫고 살 수 있는지 실험하곤 했습니다. 누군가는 그런 나를 말수 적은 사람으로 기억할지도 모릅니다. 나, 이대로 정말 괜찮은 걸까. 심히 골 몰하게 됩니다.

　이 글을 쓰고 있는 지금, 저만치에 머금기를 일삼는 하얀 머그잔이 보입니다. 컵은 무엇을 머금느냐에 따라 서서히 내용물의 색을 입습니다. 물은 컵을 깨끗하게 씻을 수 있지만 시간의 흔적까지 씻어 낼 수는 없어요. 누구나 못한 말이 있습니다. 바로 전하지 못한 말, 너무 식어버린 말, 혹은 차마 하지 못한 말들이 내 안에 오래 머물다가 머그잔의 커피 주름처럼 층층이 흔적을 남깁니다. 층은 곧 면으로 번져나지요. 물든 커피잔에 물을 따라 마시다가 거무튀튀한 벽에 부딪힌 생수가 입안에 텁텁한 기적을 남깁니다.

　방법은 있습니다. 락스를 희석해서 잔에 흘려 넣으면 컵이 묵은때를 벗습니다. 미백한 치아처럼 밝아진 컵이 환하게 웃습니다. 나도 따라 희게 웃는 이유는 여기에 있습니다. 못다 한 말이 출구를 찾았습니다. 머금으면 곪습니다. 보내야 하는 것은 보내져야 옳아요.

　글쓰기는 머금기의 연장선에 있습니다. 그건 침묵처럼 보일 수 있지만 실로 내 안에서는 대화가 끊임없이 일어나고 있는 시간입니다. 무언가 말해야 한다는 조급함이 만든 공허한 말과 달리, 글은 침묵 끝에 내 감정의 정체를 대면하게 해 줍니다.

　　슬펐구나.

　　아팠구나.

　　그때 그래서 화가 났구나.

　담장마다 장미가 빼꼼히 고개를 내미는 계절입니다. 행인마다 감격하는 대상의 이름을 찬양합니다. 장미다! 우리는 좋은 것을 보면 이름을 불러 그 이름을 확인하지요. 장미다!

　함께 걷던 친구가 공원 꽃 담장 위에 넘실대는 장미의 섬세한 모가지를 똑똑 꺾습니다. "야, 네 목도 누가 그리 꺾으면 좋으냐. 눈으로만 보면 될 것을 꼭 꺾더라!" 예전 같으면 부르르해서 면박을 주었을 겁니다.

　말을 참았습니다. 나무라지 않고 가만히 숨을 골랐어요. 친구는 장미가 한 아름 담긴 검은 봉지에 코를 박고 싱글거렸습니다. 장미의 아린 향이 참 좋다고 말하면서도 나의 아린 표정은 읽지 못한 모양입니다. 햇살은 기울고, 봉지 속 장미도 점점 고개가 기울었습니다. 나도 시든 얼굴을 하고 집에 돌아왔어요. 감정이 좀 지나간 뒤, 편지를 썼습니다. 지우고 다시 쓰기를 반복하면서, 바로 가닿았으면 아팠을 뾰족한 가시를 거두었습니다.

> 집에 잘 도착했니? 오늘 만나서 참 즐거웠어.
> 걷기 좋은 오후에, 담장 위 장미까지 참 예쁜 날이었지.
> 아름다운 것을 기뻐할 줄 아는 사람이 내 친구여서
> 흐뭇하더라.
> 그런데 있지…무언가를 좋아할 때, 지켜보는 모습도
> 고우면 어떨까 해.
> 다음엔 예쁜 것 앞에서 잠시 더 머물러 볼래?
> 손보다 눈이 닿는 순간들이 아름다움을 오래 남기더라고.

　머금기만 하던 머그잔에 작은 틈이 났습니다. 밑바닥으로 내용물이 졸졸 새지만 그냥 둡니다. 말이었다면 왈칵 쏟아질 만한 것들이 천천히 오래 글로 나옵니다. 번복할 필요도, 후회할 필요도 없이, 말을 아껴 쓰는 글은 절제되고 신중해서 다행스럽습니다. 이 느린 새어 나감으로 나는 가장 안전한 대화를 합니다. 차마 뱉지 못하고 머금어 둔 말이 있다면 선뜻 써 봅니다. 입말을 글말로 바꾸어 보지요. 그 문장은 내가 꼭 해야 하는 말이거나, 누군가가 반드시 들어야 하는 말이거나, 우리에게 기어코 도착해야 하는 한 마디일지도 모르니까요. 말은 했는지보다 무슨 말을 하지 않았는지가 더 중요하고, 글은 쓰지 않았는지보다 끝내 썼는지가 더 중요합니다.

때리고 잡는 일의 은유

가을 모기가 독이 올랐습니다. 가야 할 때를 알고 떠나는 이의 아름다움을 모르는 모기는 늦더위를 붙잡고 내 발목마저 붙잡습니다. 이 땅에 더 오래 살게 되어 있는 존재는 아직 해야 할 일이 남아서겠지요. 그 할 일이 만일 나와 관련된 일이라면 못내 마음은 불편해집니다.

팔을 위로 아래로, 사방으로 펄럭펄럭.

모기의 극성에도 밖을 나서는 건 이 계절만이 가진 다정한 온도를 놓치고 싶지 않기 때문입니다. 그건 다시, 곧 들이닥칠 겨울의 혹독한 추위가 두려워서이기도 합니다. 허허. 눈앞으로 휘이 모기가 지나갑니다. 꽁무니를 쫓아 냅다 손뼉을 치니, 흑백 무늬 다리 한 짝만 손바닥에 남아 조롱하듯 까딱입니다.

허망한 흔적을 바라보며 가만히 서 있는데 돌연 엄지손가락이 난로를 켠 듯 따끈해집니다. 간질거리는 기운이 뱀처럼 팔을 타고 올라 겨드랑이까지 번져 갑니다. 팔 전체가 얼얼하고 묵직하지만 정작 가려운 곳이 어디인지 짚을 수 없는 기묘한 통증입니다. 곤봉처럼 부어오른 엄지를 부여잡고 팔짝팔짝 뛰었습니다. 흰 팔에는 붉은 손자국만 여러 줄 남았습니다.

'저… 저 모기를 때려잡아야 하는데!'

의도치 않게 친구의 따귀를 때린 적이 있습니다. 잠시 쉬어만 가겠다던 나그네가 뱃속까지 붉게 채우고 있는 꼴을 가만히 바라보기만 할 순 없었지요. 친구의 붉으락푸르락한 얼굴은 화를 내기도 참기도 애매한 표정이었습니다. 어라, 죽은 건 모기인데 손바닥에 튕겨 난 건 사람 피예요. 피는 우리 몸에 생명을 전달하지만 엉큼한 모기도 그 피로 잠시 살고 있었나 봅니다. 우린 피를 나눈 형제였을까요. 이 승리, 어쩐지 좀 씁쓸합니다.

때리는 행위 뒤에 잡는 결과가 따라온다면 그나마 다행입니다. 때리는 것과 잡는 것이 완전히 다른 이야기이기 때문이지요. 목표를 조준하고도 잡지 못했다면 그건 어긋난 타이밍 때문입니다. 좀 잡아 본 사람은 압니다. 모기는 쪼끄만 주제에 민첩하기까지 해서 우리 안의 순발력을 최대치로 끌어올리며 단련시킨다는 것을요. 낚시꾼이 입질과 챔질의 순간을 경험으로 체득한다면 모기꾼은 입질 없이 챔질로만 성적을 내야 하니 정말 쉽지 않습니다. 뾰족한 방법이랄 게 없어 느린 손바닥만 탓할 뿐입니다. 그런데 확실한 건, 나를 때리지 않고는 모기를 잡을 수 없다는 것입니다. 잡을 수 있을까를 의심하고 다시 확신하기 위해 계속 때리는 수밖에 없지요.

파리채를 잡아, 모기 채를 잡아, 모기의 멱동가지를 잡겠다는 비장한 걸음을 늦추잡습니다. 전기 모기 채 위에 모기가 파닥이면 숨을 참고 전기 고문의 참극을 지켜봅니다. 버둥거릴 때마다 나타나는 파란 스파크. 그리고 타닥 하는 소리. 잡았습니다, 모기를.

잡다

평소 즐겨 쓰는 동사입니다. 무언가를 바로 잡을 때 유용하기 때문이죠. 맞습니다. 나는 바로잡는 것을 좋아합니다. (바로잡을수록 바로잡을 것이 많아지는 역설을 체감하는 중이지만요.)

고운 눈으로 주변을 보려고 하지만 험담과 가십거리에 귀가 쫑긋해지며 분비되는 엔도르핀은 어쩌지 못할 때가 더러 있습니다. 다정한 말을 하려 하면서도 날카로운 말들이 쏟아져 나오는 것을 막을 수 없습니다. 중년의 나이에 접어들며 생각합니다. 언덕 위에서 좋은 분들이 내려 준 고운 것들을 중턱에 서 있는 내가 왜곡 없이 다시 흘려보내야 하는 본분에 대해서요. 고민이 깊습니다. 남을 바로잡기 위해 먼저 나를 단련하는 일. 그 도리의 균형을 잃지 않기 위해 '때리'는 연습을 선행해야 함을 알기에.

잡는 일은 대개 거창한 결심과 용기가 필요합니다. 하나, 그것은 생각보다 간단할 수도 있습니다. 매질의 방향을 정확히 나에게로 틀기만 하면 각성은 필연으로 뒤따라오기 때문이지요.

만나려 하지 않지만, 모기는 오늘도 날 찾아옵니다. 참 이상한 관계입니다. 왜 굳이 밖에 나와 모기에 쫓기는지. 어쩌면, 이 만남에 중요한 의미가 숨어 있는 건 아닌지 생각합니다.

왜 나만 물어? 하며 허공을 휘두르던 원망이 고개를 돌려 질문을 바꿉니다.

모기는 왜 날 물지?

모기를 타고 내게 온 각성제.

나를 향한 매질이 빗나가지 않도록 이제 죄 없는 기둥은
그만 때려야겠습니다.

도둑맞은 언어

우리 집 창문을 부수고 내 가족에게 포효하던 널 다시 만
나면 그땐 너보다 더 크게 소리 지를래 더 크게 소리 지
를래 더 크게 소리 지를래 더 크게 소리 지를래 Dinosaur

— AKMU(악뮤), <Dinosaur> 가사 일부

　태어나서 열 살 무렵까지의 아이는 다 시인이라고 하던데
내 안의 시인이 인사도 없이 사라진 것을 마흔쯤에야 알아채
고 다급하게 찾고 있으니 탄식할 노릇입니다.

　"엄마랑 아빠의 씨앗은 어디에 있어요? 보여 주세요." 하
던 친구의 어린 딸을 보면서 귀여워 나동그라지지만, 뒤돌아
서면 뒷골이 서늘해집니다. 모르는 사이 발랑 까진 내가 익
숙해서 어색한 거죠. 마흔의 글짓기는 어린이의 무구한 말
앞에서 군침을 흘리고 흑심을 품습니다. 인간의 삶, 특히 글

을 쓰는 이의 삶은 어쩌면 잃어버린 어린 시절의 언어를 되찾기 위해 쓰는 안간힘일지도요.

어휘량이 많을수록 말은 서툴러지는 것 같습니다. 분내 나는 솜털이 달아난 자리에 뿌연 허세와 미사여구만 그득합니다. 태어나면서 예쁜 언어를 잔뜩 안고 나왔지만, 그 예쁜 말은 언제 다 쓰려고 아껴만 두고 있는지요. 세월이 깎아낸 모서리에서 떨어져 나온 고운 말의 자투리는 다 어디로 갔을까요. 당신도 혹시 AKMU(악뮤) 노래 속 Dinosaur가 진짜 공룡이었다고 생각하나요. 한사코 공룡시대에 걸맞은 의미를 기대한 나는 어린이에서 어디까지 멀어진 것일까요.

나에게는 정제 탄수화물로 이루어진 언어가 있습니다. 미리 체에 걸러 거친 감정을 털어 낸, 부드럽게 가공된 언어의 주식이지요. 내용도 의미도 가난한 언어가 빈속만 급히 채우면 혈당 스파이크처럼 순간적인 만족 후에 오는 오후의 졸음을 막을 수 없습니다. 어른인 체하는 말은 그래서 졸립니다. 그런 말 다신 하지 말아야지. 반성하면서 자꾸 반복하는 것 역시 밀가루 단식을 결심하고 금세 다시 찾고 마는 모습과 어찌나 똑같은지요.

어린이의 말은 어떤가요. 날 것의 생기라는 게 있어요. 아이들의 말은 천사채를 닮았습니다. 이름도 예쁜 것이 식감은 또 얼마나 오독오독하고 탱글탱글한가요. 섬유질과 미네랄로 채운 천사채는 입에 담는 것만으로도 기분이 깨끗해집니다. 이 미끌미끌하고 꼬불꼬불한 것은 몸 안에 남아 있는 냄새나고 묵은 것들을 밀어냅니다. 여리지만 단단한 주먹 같은 게 있지요. 그러나 밀가루의 은은한 단맛에 길든 어른의 입맛은 회 밑에 폭신하게 깔린 천사채 한 가닥이 입에 딸려 들어가기라도 하면 못 먹을 것이라도 먹은 듯 퉤퉤 뱉어 냅니다.

천사채가 소화관에 오래 머물러 배고픔을 지연시킨다는 것쯤은 귀동냥으로 들은 적이 있습니다. 실제로도 면과 천사채는 전혀 다른 대사 과정을 거칩니다. 금세 후루룩 삼켜진 면 가닥처럼 어른의 말은 한 귀로 듣고 한 귀로 나가는 일이 빈번합니다. 반면에 나는 아이의 말을 아이가 클 때까지도 기억합니다. 잔잔한 채 흐르다가 어른의 입에 툭툭 브레이크를 걸어오기에 그렇지요. 가볍지만 가볍지 않아요. 섬유질 덩어리라서 그렇습니다. 은근하여 보기보다 묵직합니다.

강풍과 날벼락이 우리 집 감나무를 할퀴고 찢어발긴 그

밤, 아홉 살의 나는 글을 지었습니다.

　　홍시가 먹고 싶으면 말해. 나무는 괴롭히지 말고.

　그날의 글짓기는 땅에 나무가 고꾸라지고 홍시가 선혈처럼 낭자하게 터진 풍경을 묘사하며 끝이 났습니다. 본 것을 그대로 옮긴 것이었지만 그걸 읽는 어른의 시선은 나의 진심과는 달랐던 듯합니다. 어른들은 아이의 문장에 담긴 날것의 묘사를 마주할 때, 그 속에 숨은 심리를 기어이 파헤치려 들어요. 설령 짚이는 구석이나 찔리는 지점이 있더라도 "이거 내 이야기니?"라고 정직하게 묻는 대신 온갖 근거를 끌어와 아이에게 퀴즈를 내지요. 하지만 동심의 본질은 계산 없는 진심에 있습니다. 어린아이를 화풀이 상대로 삼던 못난 어른이 나의 글에서 제 발 저려 잠시 뜨끔했을지도 모르겠습니다. 그러나 어른의 시선과 유도 질문이 거치적거려 나는 더 이상 글을 쓰고 싶지 않아졌습니다. 이와 비슷한 일은 유년 시절 내내 자주 일어났습니다.

　마흔의 글쓰기에서 가장 자주 듣는 조언은 '쏟아 내라'입니다. 멈추지 말고, 생각의 흐름에 맡겨 다 꺼내라는 이야기이지요. 어릴 땐 그럴 수 있었어요. 쏟아 내는 법을 알던 아이였습니다. 헌데, 지금의 나는 어쩌다 주춤거리는 사람이 되어버린 걸까요. 인제 와서 다시 쏟아 내라니 그게 정말 마음 편히 가능한 일일까요.

고백하자면, 여전히 무섭습니다. 무엇을 내놓든 그것이 나의 초라한 밑바닥일까 봐 뒷걸음질 치게 됩니다. 그래서 나는 아주 천천히 고개를 들어 주변을 살핍니다. 누가 본다고 생각하면 손가락이 굳어 버리는데, '이 순간만큼은 아무도 없다'라고 나를 속이며 안심시켜 보는 거지요. 그렇게 마음의 조각들을 하나하나 늘어놓다 보면 그것들이 하나의 이야기로 엮이는 순간을 마주합니다. 그때부터 나는 단순히 글을 '쓰는' 것이 아니라 '짓는' 쪽으로 방향을 틉니다. '쓰는' 것이 그저 백지를 향해 내지르는 일이라면, '짓는' 것은 글 안에 나를 정성껏 세우는 일입니다. 어떤 사람이 되고 싶은지, 어떤 말을 하고 싶은지 쏟아 낸 생각이 틀을 갖추고 문장으로 이어지면 비로소 나는 내가 어떤 아이였는지에도 한발 가까워질 수 있습니다. 자유롭게 상상하고 감정에 솔직했던 그때의 나를 만납니다. 이제는 미사여구 없이도 본연의 맛을 내는 투명한 언어 감각을 되찾아야 합니다. 잃어버린 것을 되찾는 일은 녹록지 않습니다. 그것이 나도 모르는 사이에 사라진 것이라면 더더욱요. 잃어버린 언어를 되찾기 위해 헤매다가 자기 안의 가장 깊숙한 목소리와 마주하는 존재. 그 목소리를 받아 적는 사람이 되기 전까지 나는 그 무엇도 될 수 없을 것입니다.

낱말 결혼시키기

　　도로변 덤불 사이로 판매용 식물들이 줄지어 서 있습니다. 행인의 눈길이라도 한번 붙잡아 보려는 듯 작고 여린 몸을 한껏 기울이고서요. 딱딱한 껍질을 뾰즈름이 밀어낸 연둣빛 새싹 위로 행인도 시선을 낮춰 인사합니다. 자리에서 벌떡 일어난 나무장수는 나무와 손님을 번갈아 바라봅니다. 손님이 묘목을 쓰다듬기라도 하면, 어떻게 꽃을 피울 수 있는지 묻지도 않은 노하우를 풀어놓지요. 세상에서 이 나무를 제일 잘 아는 사람은 나뿐이라는 양 힘 있는 목소리입니다. 말을 한 마디씩 맺을 때마다 힘주어 맞잡는 두 손이 보입니다. 깍지를 끼다가 비비기도 하는데, 그건 곧 떠나보낼 자식을 위한 떨리는 기도처럼 보이기도 해요. 앙다문 입술 옆으로 푹 팬 볼이 겨우내 매서운 바람을 견뎌 낸, 바람 잘 날 없던 지난날을 말해주는 듯합니다.

우리 집에는 화분이 없습니다. 정확히는 식물이 없습니다. 왜냐고 묻는다면 잘 키울 자신이 없어서라고 답합니다. 공원을 거닐며 나무와 꽃에 말을 걸고 시선을 두는 것이 내가 그들을 사랑하는 방식이라 믿기 때문이죠. 그건, 가까이 두고자 하는 마음만이 능사가 아니라는 믿음에서 온 나의 사랑법입니다.

오랜 시간 집안의 식물을 죽여 왔습니다. 집을 자주 비우기도 했고, 그때마다 혼자 남은 식물의 안부에 안절부절못했지만, 어쨌든 꾸준히 죽여 왔습니다. 한 번은 그 미안함을 씻어내려 물을 흠뻑 준 적이 있습니다. 하지만 넘치는 마음이 오히려 화근이 되었습니다. 그때 알게 되었습니다. 무해한 사랑도 쏟아 내는 방식에 따라 유해해질 수 있다는 것을, 뒤늦은 열심이 누군가를 더 빨리 시들게 할 수도 있다는 것을요. 내 방식의 사랑에 식물은 이내 반려를 거부해 버렸습니다. 사랑과 사육의 시선은 엄연히 다른 것인데, 언제나 깨달았을 땐 이미 늦어 버립니다.

반려동물도 마찬가지였어요. 강아지와 고양이, 이 선물 같은 존재를 어찌 사랑하지 않을 수가 있을까요. 길에서 마주치는 고양이와의 눈 맞춤에 애정을 듬뿍 담아 인사를 건넵니다. 무릎 사이를 살랑대는 새끼 고양이를 어여삐 바라보다가 그냥 안아서 냅다 뛰고 싶은 생각이 든 적도 있었습니다만, 이내 내 안의 이성이 조용히 충동의 모서리를 접습니다. 거리를 벌려 둔 채로 더 자주 만나 진한 정을 나누겠다고 다시 갈피를 잡고 말지요.

미루겠다는 것은 쓰지 않겠다는 것이다.

– 테드 쿠저

이 글귀를 만나지 않았더라면 나는 아직 펜 끝에 번지는 잉크만 바라보고 있었을지 모릅니다. 쓰고 싶다고 말하면서도 쓰지 않을 구실을 찾고 있었으니까요. 듣기나 읽기처럼 힘이 덜 드는 행위를 좋아했으면서 '글을 쓴다'라는 말이 조금은 멋지게 생각되었던 것도 사실입니다. 매일 글을 새기는 것이 쓰는 이의 일이라면, 나는 쓰는 사람이기보다 선망하는 사람이었습니다. 그러니 내 사랑의 방식 앞에서 문장과 단어들이 멀찍이 서성였던 건 당연한 일이었습니다. 입양아와 친부모 사이 같았달까요. 글을 마음으로는 품었으나 두 팔로는 품지 않았기 때문입니다.

　새로운 무언가가 내 삶에 들어올 때면 괜한 숙제는 아닐까, 주저하던 숱한 마음을 고백합니다. 식물도 동물도 곁에 들이지 못했던 건 귀찮음이 앞선 두려움이었을지도요. 글쓰기가 마음에 들어왔을 때도 그랬습니다. 귀찮음이 발목을 잡았지요. 그러나 어느새 그 자리에 성취감이 깃들기 시작했습니다. 이제는 쓰지 않은 날의 찜찜함이 싫어 펜을 잡습니다. 가만가만 숨을 고르고 심장을 천천히 쥐었다가 펴는 사이, 머릿속에 무형의 존재들이 도착합니다. 이 낯선 것들을 떠나보낼지, 조금 더 안고 있을지 기분 좋은 괴로움에 빠집니다. 그리고 선명해진 것들을 모아 낱말의 짝을 지어 줍니다. 무형의 생각이 하나의 문장이 되고 나면 무언가 거창한 것을 이루어 낸 것 같은 뿌듯함이 따라옵니다.

　사랑의 기본값은 예나 지금이나 보듬는 것입니다. 사랑하면 속수무책으로 품고 보살피고 싶어지는 법이니까요. 짝을 이룬 모든 낱말이 늘 화평한 것은 아니지만 그들이 만나지 않았더라면 몰랐을 세상에 경탄할 일은 많아집니다. 낱말의 무늬와 결을 닮은 음소들이 마음의 경계를 넘어 구석구석 발자국을 남깁니다. 온전히 표현할 수 없다는 한계를 알면서도 기꺼이 품을 내어 다가가는 것, 그것이 곧 사랑입니다. 내 안에서 표현이 번식할수록 나는 그만큼 더 깊은 사랑의 몸짓을 배워갑니다.

　다시 나무장수에게로 돌아갑니다. 군락에서 떨어져 나와 옹색한 화분에 겨우 뿌리 내린 동백나무는 외로워 보일지언정 외롭지는 않습니다. 위태롭고 허전한 마음을 이미 알고 보듬는 사람이 있기 때문이지요. 그는 가지 사이에 드리워진 거미줄을 끊어 내고 잎사귀에 붙은 먼지를 조심조심 닦아 냅니다. 맑아진 잎 표면으로 봄 햇살이 아낌없이 영양분을 뿌려 줍니다. 부족할까 넘칠까, 걱정하는 표정으로요. 폭발하듯 피어난 꽃송이가 탐스럽지 않을 도리가 없습니다.

　자판 위의 손과 안경 뒤의 눈빛이 다짐을 대신합니다. 이제야 비로소 좋아하는 것을 곁에 두려는 적극적인 표현 방식을 배웁니다. '좋아한다'라는 번듯한 말보다 진실한 마음을 증거로 남기려 합니다. 언젠가 다시 내 방 창가에 작은 화분 하나를 들여놓는 상상을 합니다. 그때의 나는 물을 쏟아붓는 대신 가만히 잎의 숨소리에 귀를 기울일 줄 아는 사람이 되어 있겠지요. 멋 부려 쓰지 않습니다. 피어난 사랑에 충실 하려 씁니다. 깨질까 부서질까 조심하는 손이 얕게 떨립니다.

둘.
주방에서 시작된 문장들

글쓰기는 분명 고된 작업입니다. 하지만 그건 누군가 내 글을 읽고 '아, 나만 그런 게 아니었구나' 하며 위로받는 순간을 위한 작업이기도 하지요. 글을 쓴다는 것은 결국 관계를 만드는 일입니다. 서로 다른 시공간에 있는 사람들이 한 편의 글을 통해 만나고 서로를 이해하게 되는 것. 어느 지점에서 슬퍼하고 분노할지 명쾌해지는 것. 이로써 우리는 설명할 수 없이 마음이 편안해집니다.

식탁과 우산과 자전거

집안에서 가장 쉴 틈 없는 물건은 단연 식탁입니다. 하루 양식을 위해 꼬박 섬기고도 찻상과 책상 역할까지 하려니 네모난 식탁에 발이 여덟 개라도 부족할 지경입니다. 고단한 노동의 흔적 때문인지 의자에 덧댄 인조가죽에도 어느덧 군데군데 갈라진 틈이 보입니다. 피식, 공기 빠지는 소리를 뭉개고 앉아 나는 이 글을 씁니다. 오늘 아침 아이가 비우고 간 밥그릇과 물컵이 시야에 들어옵니다. 그 옆엔 어젯밤 늦게까지 깨어 있던 책이 엎드려 늦잠을 자고 있습니다. 가장 많은 시간을 보내고, 가장 많은 이야기가 생겨나는 곳. 이곳은 우리 집의 중심입니다.

새벽 4시는 식탁의 출근 시간입니다. 같은 시각, 같은 자리. 어제는 이 자리에 앉아 영화 〈패터슨〉을 보았습니다. 주인공 패터슨은 틈만 나면 시를 쓰는 사람이에요. 사물을 언어로 해석하는 주인공의 시선이 영화 전체를 잔잔하게 보듬고 있습니다. 그는 서랍 속 성냥갑을 보며 글을 짓고 어린아이의 시를 읽으며 그 순수한 감성에 경탄합니다. 반복되는 일상에서도 지루함을 모르는 눈빛으로 매일 다른 하루를 살아 내지요. 어제와는 다른 시선으로 그가 오늘의 시를 지었듯, 나 역시 오늘 새롭게 발견한 것들을 한 줄의 글로 옮깁니다. 이제 발견했을 뿐, 늘 곁에 있던 것들. 그에게 오늘의 성냥갑은 내게 식탁이고 우산이 됩니다.

　우산이 있습니다. 누구에게도 한갓진 자리를 양보한 적 없는 최고의 한량. 요즘 같은 건기면 녀석은 찍찍이에서 풀려날 기회조차 얻지 못합니다. 허구한 날 이어지는 맑은 날씨 탓에 구석진 자리에서 시간을 삭힐 뿐이지요. 우산은 심심합니다. 휜 등살과 주름을 펴볼 날을 기다리며 웅크리고 있어요. 탈칵, 팍! 참았던 숨을 터뜨리듯 우산이 육중한 날개를 폅니다. 마침내 드러난 얼굴 위로는 접힌 선을 따라 어느덧 색이 바래 있습니다. 시간이 갉아낸 틈바구니로 바늘 같은 빛이 내립니다. 기다림이 덧없이 길어지는 동안에도 세상의 시계는 무심히 흐르고 있습니다. 우산은 고요히 소멸해 가는 중입니다.

쉼만 기다리는 식탁과 쓰임만 기다리는 우산이 한 공간에 살고 있습니다. 식탁은 우산이 부럽고 우산은 식탁이 부럽지요. 이 집에 사는 이들도 크게 다르지 않습니다. 휴가만 기다리는 남편과 남편의 퇴근 시간만 기다리는 나의 모습이 딱 그렇습니다. 우리의 삶은 기다림의 연속입니다. 그걸 시인 박연준으로 말해 본다면, 삶은 애석하게도 너무 오랜 시간은 기다리지 못합니다. 기다림은 희망이 되지만 때론 침잠과 소진의 다른 말이기도 하니까요.

기다림이 모든 존재의 공통된 운명이라면 기다림 속에서 각자의 방식으로 삶을 영위해 가는 모습은 참으로 다양합니다. 우산이 때를 기다리며 자신의 존재를 증명하려 할 때 또 다른 일상의 풍경이 내 눈길을 사로잡습니다.

고장 난 공용 자전거를 수거하는 봉고차 한 대가 길 위를 달리고 있습니다. 트럭처럼 개조한 뒷자리에는 노란색 자전거가 아귀다툼하며 올라타 있습니다. 덜 닫힌 문짝 사이에

두툼한 막대 하나가 뒷문을 단단히 붙들어 매었습니다. 운전 기사는 욕심부려 문밖에 몇 대를 더 동여매었습니다.

아스라이 얹힌 자전거는 달리는 자동차가 만들어 내는 풍력으로 신나게 바퀴를 돌리기 시작합니다. 직선의 바큇살이 바람을 만나 은백색 면적이 되면 자전거는 멈춰 있으면서도 움직이는 것처럼 보입니다. 폐차장으로 향하는 자전거가 다 그치듯 다가오는 삶의 데드라인 앞에서 전속력으로 내달리고 있습니다. 발산하지 못한 채 사그라지고 말 기운을 보란 듯이 내뿜는 중일까요. 고장 난 몸일지라도 아직 쓸만하다는 것을 증명하고 싶은 것일까요.

총량의 법칙이라는 이미 낡아버린 표현에 나는 자주 기대어 마음을 곧추세웁니다. 모든 삶 속에는 고통도 지랄도 총량이 있어 양을 채워야 벗어날 수 있다는 논리지요. 시각에 따라 끔찍하기도 다행스럽기도 한 이 법칙을 가만히 파고들다 문득 그 속에 숨겨진 꼼수를 알아챘습니다. 그건 바로 총량을 알 길이 없다는 사실입니다. 은근슬쩍 늘이거나 줄인다고 문제가 되지 않을뿐더러 자로 잴 수 없고 저울로 달 수 없어 해석은 언제나 자유롭습니다. 삶이라는 한정된 파이 안에서 이 각각의 '총량'은 곧 '분량'이 됩니다. 고통의 파이가 줄어든 자리에 땅따먹기하듯 행복의 파이를 늘려가면 그만인 일이지요. 즉, 알아차릴 수만 있다면 평생 행복할 수 있다는 논리입니다.

　부인할 수 없이 줄어가는 삶의 잔고와 생애의 결산 앞에서 거지중천으로 내달리는 자전거를 보며 내 안의 오랜 게으름을 채근합니다. 식탁처럼 매일 힘써 일할 것인가, 우산처럼 때를 기다리며 소멸해 갈 것인가, 아니면 자전거처럼 마지막 순간에 이르러 구슬픈 증명을 할 것인가. 삶의 방식은 저마다 다르지만 우리는 모두 한정된 시간 속에서 자신만의 총량을 채워 갑니다. 식탁 자리에 앉고, 우산의 바삭한 옷을 만지고, 바퀴의 회전을 관찰하며 나 또한 나만의 분량을 묵묵히 쌓아 갑니다. 당신의 오늘은 어떤 모습인가요. 어떤 모습이든 괜찮습니다. 다만 당신의 총량이 의미 없는 고통으로만 채워지지 않기를 바랍니다.

속박은 자유다

나를 선명하게 드러내던 것은 언제나 취향이었습니다. 취향이란 제대로 정의하기 어려운 것이라서, 그 안에 머물 때는 잘 보이지 않다가도 현재의 시선으로 과거를 돌아보면 비로소 또렷하게 알게 되곤 합니다. 그때는 몰랐던 나란 사람을 지금의 내가 정의합니다. 대학 시절은 책에 관한 괴벽이 가장 짙게 드러나던 시기였어요. 남들이 잘 찾지 않는 책이나 도서관 보존 서고에 묻힌 책을 꺼내 읽으며 심오한 척하기를 즐겼거든요. 현대의 책들은 고전의 반복이라며 신간 베스트셀러를 하찮게 여기기도 했습니다. 남들이 싸이월드에 사진을 올리느라 열을 올릴 때 글 폴더에 글자를 끄적이는 쪽을 택하기도 했어요. 철학자를 방불케 하는 문장을 적고 어찌나 자유로워했던지. 그날의 글은 학창 시절 졸업사진처럼 조금은 부끄러운 흔적으로 남았습니다만, 그 시절의

나를 가장 솔직하게 기억할 수 있게 해 준 건 사진도 영상도
아닌 글이었습니다.

  브런치brunch.co.kr라는 글쓰기 플랫폼이 있습니다. 작
가 스크리닝에 통과해야 글을 쓸 수 있다는 콘셉트가 처음부
터 나의 허세 입은 취향을 자극했습니다. 브런치는 내 손을
잡아 '글'이라는 성城의 입구에 세워 주었습니다. 안쪽에는
아직 내 것인 적 없는 언어들이 얼굴을 내밀며 나를 바라보
고 있었지요. 낯선 언어들을 만지작거리며 익숙해지려 애썼
습니다. 손바닥은 그사이 뜨끈한 온도로 데워졌습니다. 오래
굳어있던 감각이 서서히 깨어나는 듯했어요. 뜨거움이란 단
어조차 잊었던 내가 어느새 겨울 장작처럼 활활 달아올랐습
니다.
 '이걸 왜 이제야 알았을까. 나만 빼고 다들 여기서 놀고 있
었구나.'
  텍스트에 목마른 이들 사이에 뒤늦게 합류한 나는 줄곧 뒤
처져 있다는 기분에서 벗어날 수 없었습니다. 이곳 생태계에
하루속히 적응하기 위해 틈만 나면 접속해 글을 읽었지요.
순간을 붙잡아 길게 늘이고 사소한 일의 자초지종을 알고 싶

어 하는 사람들. 그들의 시선은 낡은 문장 속에서 오늘의 답을 찾으려던 나의 해묵은 갈망을 흔들었습니다. 당장 글을 써야겠다는 맹랑한 다짐을 했어요. 하지만 그 호기로웠던 결심은 고작 두 편의 글을 남긴 채 오랫동안 멈춰 섰습니다.

  그 무렵 나는, 읽었다고 여겼던 책을 진짜로 읽었는지 구분하는 일을 시작하고 있었습니다. 익숙하다는 이유로 읽었다고 생각한 것인지, 아니면 읽은 후 모조리 까먹었는지 알 수 없던 책 중에서 조지 오웰의 『1984』를 꺼내 들었습니다. 쉽고 간결해 한참을 놓지 못했습니다. 그러나 문체 이상으로 더 매료된 것이 있었는데, 그것은 첫 장부터 반복하며 세뇌하는 강렬한 전체주의 표어였습니다.

  전쟁은 평화
  자유는 속박
  무지는 힘

  묘했습니다. 말 묶음을 바로 보다가 뒤집어 보고, 찬찬히 씹어 삼켰다가 다시 게워 씹었습니다. 어떤 쪽이 합리와 상식에 더 가까운지 나만의 명제를 만들고 싶었기 때문이죠. 그렇게 마주한 명제 하나가 나를 붙들었습니다.

자유가 속박이면 속박 또한 자유다.

글쓰기를 속박과 자유의 관계로 생각해 보면 꽤 재미있습니다. 쓰는 습관을 만들어 가는 과정은 늘 내 안에서 실랑이가 벌어지는 시간이거든요.

'오늘 쓸까, 그냥 내일 쓸까?'

처음의 다짐은 어느새 작심삼일이 되어 버리고 나는 자유라는 이름 아래 완전히 다른 두 얼굴을 마주하게 됩니다. 포기할 자유와 포기하지 않을 자유. 어느 편에 서야 할지 자명했지만, 모른 척하며 적잖이 망설였습니다.

그러던 중 시기적절하게 '백일백장 글쓰기 챌린지'를 만났습니다. 씩씩하게 참가 신청을 해두었지만 두려움에 며칠을 끙끙거렸습니다. 이틀 이상 글을 써 본 경험이 없으니 내가 나를 의심하기 시작한 거지요. 부단히 들려올 내면의 부정적 메시지가 이번엔 어떤 모습으로 계획을 무너뜨리려 할지 겁이 났습니다. 해보지 않은 일은 두렵습니다. 100층 수직 마라톤과 백일백장 글쓰기는 동급의 두려움이었습니다. 그건 내어놓아 본 결과물이 없기 때문이지요. 하지만 뒤집어 생각하면, 완주하는 경험은 다음 단계로 나아갈 용기가 되어 줄 것입니다. 나를 인정하기 시작하면 또 다른 나를 믿는 일은 한결 쉬워질 테니까요. 이번 도전이 지레 겁먹는 이유가 아닌, 훗날 지레 자신감을 가질 수 있는 든든한 계기가 되기를 바랐습니다.

백일을 꾸준히 쓰기 위해선 내 안의 생각과 묵은 기억을 꺼내야 했습니다. 와중에 영화 속 한 장면이 떠올랐어요. 평소 그냥 스쳐 지나가던 일상의 소리가 또렷해지기 시작했습니다.

음악이 들릴 거예요.
가만히 귀를 기울이기만 하면.

영화 〈어거스트 러시〉의 어거스트는 들녘에 스치는 바람의 소리를 듣습니다. 달빛의 숨소리에 담긴 희망의 소리도 듣습니다. 조용히 귀를 기울이면 평소와는 다른 혼이 깃들기 마련이지요. 찰나의 소리를 붙잡아 썼습니다. 누군가는 그것을 영감이라 하던데 예고 없이 찾아오는 영감을 핸드폰 메모장에 부지런히 옮겨 담았습니다. 그렇지 않으면 의미는 바람처럼 스쳐 지나가 버릴 것만 같았으니까요.

　영감은 가끔 내게 연락해 오지만 전화나 이메일의 형식은 아닙니다. 직접 나서서 모든 연락의 통로를 찾아다녀야 했습니다. 보물찾기 놀이에서 숨겨진 보물을 죄다 찾아 버리겠다는 눈빛으로 산과 들, 발길이 닿는 곳이라면 어디든 갔습니다. 무형이 유형으로 바뀌는 순간을 지나며 글은 목소리를 입고 말을 시작합니다. 뱃속을 간질이는 기분 좋은 소용돌이를 느낍니다. 이제, 내게도 말하고 싶은 것이 생겼습니다.

　모아진 글들은 내가 모르는 '나'였습니다. 글을 쓰는 일은 마음속 감정의 갑옷을 벗기는 작업이었어요. 언어는 쓰는 자를, 쓰는 자는 언어를 도왔습니다. 최근 누군가 내게서 한층 나긋나긋하고 야들야들한 향이 난다고 했습니다. 흠만 찾고 탓할 거리만 보던 뾰족한 눈꼬리가 순하게 제자리에 돌아와 있습니다. 거대한 덩치로 옥죄던 것들이 종이 한 장 거리도 되지 않는 것을 보았고, 명품 숍 앞에서 멋지게 포즈 잡는 누군가의 텅 빈 눈도 알아채게 되었습니다. 그토록 매달렸던 것들이 실은 얼마나 가볍고 초라한 것이었는지 되짚어 보니 피식 바람 빠지는 소리가 들립니다.

　이제야 깨닫습니다. 속박이라 여겼던 글쓰기가 오히려 나를 가장 자유롭게 만들어 주었다는 것을요. 딱딱하고 억센 껍질을 뚫고 나온 연한 속살처럼 나는 글쓰기라는 단단한 틀 안에서 진짜 나를 찾아냅니다.

　속박은 자유다.

　이 역설을 온몸으로 경험한 지금, 나는 더 이상 자유와 속박을 별개의 것으로 보지 않습니다. 가장 단단한 속박 속에서 가장 순수한 자유가 피어난다는 사실. 이것은 백일의 글쓰기가 내게 가르쳐 준 소중한 진리입니다.

그럼에도 쓰는 이유

파삭파삭.

모닥불의 온기가 기분 좋게 번지면 멀리서 아이들이 환호하며 뛰어옵니다. 어른들은 이미 불멍과 수다의 장을 펼쳐놓았습니다. 아이들은 입가에 묻은 마시멜로를 할짝거리며 깔깔대고, 어른들은 은박지에 싼 고구마를 불 속에 툭툭 던져 넣습니다. 사방으로 튀는 불꽃은 매혹적이었지만 뜨겁기도 해서 나는 의자를 슬쩍 뒤로 빼며 적당한 거리를 살핍니다. 매캐한 연기가 얼굴을 스칠 때마다 의자는 조금씩 더 뒤로 물러나야 했습니다.

꽤 오래 앉아 있었습니다. 불멍 때문도, 즐거운 대화 때문도 아니었어요. 오로지 불 속에서 뭉근히 익어 가는 달콤한 군고구마 때문이었지요. 열기를 견디며 자리를 뜨지 않았던 건 그 안에 내가 기다리는 게 있었기 때문입니다.

불쑥 고개를 드는 물음이 있습니다. 나는 왜 글을 쓰려는 걸까. 글쓰기는 고통스럽고 지리멸렬한 작업입니다. 휴일도 휴식도 없는, 머릿속 근무 시간의 연속이지요.

팔뚝 솜털이 그을릴 만큼 가까이 서서 불 속의 고구마를 뒤적거립니다. 다 익었을까?

방금 전 생각을 까맣게 잊어버리고 고구마 하나를 집어 들고 껍질을 벗깁니다. 뜨거움 속에 감춰진 모험을 감수한 끝에 달콤한 맛을 얻었습니다. 웃음이 납니다. 살면서 우리가 기꺼이 다가가는 것들은 대개 이런 식이니까요. 사랑도 도전도 꿈도 그렇죠. 위험과 수고를 감수하고라도 얻고 싶은 무언가 때문에 우리는 기꺼이 다가갑니다.

잠이 진즉 달아난 새벽, 사위는 아직 어둡습니다. 나는 얼굴 가득 푸르스름한 화면을 반사한 채 우두커니 앉아 있습니다. 어떤 실마리를 매듭짓느라 같은 생각을 이리 굴리고 저리 굴리고 있어요. 이 시간에 글을 쓰는 이유는 단순합니다. 나와 가장 솔직하고 깊게 만날 수 있는 힘을 기대하기 때문이지요. 온전히 나일 수 있는 시간에는 다른 사람 앞에서 차마 꺼낼 수 없는 생각들까지도 부끄러움 없이 흘러나옵니다.

날것의 감정조차 드러낼 용기가 생깁니다. 쓰지 못할 일이란 없습니다. 실패한 연애 이야기, 질투심, 열등감, 때로는 누군가를 미워했던 순간들까지도 글에서는 솔직하게 다룰 수 있습니다.

  고등학교 시절, 잘 지내던 친구와 어느 날 갑자기 멀어진 적이 있습니다. 무슨 일 때문이었는지 아직도 정확히 모릅니다. 친구는 이유를 알려 주는 대신 거리를 두는 쪽을 택했어요. 친구와 멀어지니 같이 어울리던 다른 친구들도 하나둘 멀어졌습니다. 그 이야기를 누군가에게 털어놨더니 "네가 이유를 모른다는 건 너한테 문제가 있는 거야"라고 하더군요. 나는 정말 내가 잘못해서 따돌림을 당한 거라고 믿어 버렸어요. 그러다 우연히 공익 광고 하나를 보게 되었는데, 왕따 문제의 잘못은 피해자가 아닌 가해자에게 있다는 내용이었습니다. 당당해지고 싶어졌습니다. 내 편이 하나 생긴 기분이 들었죠. 누군가가 내 마음을 알아준다는 느낌, 그게 참 컸어요. 그럼에도 나는 그 일을 쉽게 말로 꺼내진 못했습니다. 입으로는 잘 안되더라고요. 대신 글로는 풀 수 있었습니다. 종이에 적을 땐 마음이 덜 떨리고 덜 아팠습니다.

"울컥하네요. 저도 비슷한 일이 있었어요." 짧은 문장이었지만 그 안에는 공감과 위로가 고스란히 담겨 있었습니다. "내가 지금이라도 혼내 줄까?" 하던 독자도 있었지요. 어렵게 꺼낸 이야기에 대한 상대의 공감이 내 마음을 치유합니다. 글자 하나하나를 점자처럼 조심스레 더듬어 봅니다. 그 따뜻한 반응 덕분에 조금 더 솔직한 내가 되기로 합니다.

'써 보니까 별일 안 일어나네. 괜히 쫄았어.'

그렇게 나는 말하지 못했던 마음을 글로 풀어내는 법을 배워 갑니다.

마음을 다해, 사력을 다해 써 내려간 글이 있다고 해 봅시다. 유려하진 않아도 그 안에는 진심이 가득 담겨 있습니다. 다스한 당신이 알아주길 바라는 마음으로 조심스레 건넨 말입니다. 독자에게 받은 댓글을 읽고 또 읽었습니다. 단어 사이에, 행간에, 그리고 느낌표에 담긴 당신의 마음에 흠뻑 머뭅니다. 나는 많이 들떴습니다. 이것이 내가 계속 글을 쓰는 이유입니다. 글쓰기는 분명 고된 작업입니다. 하지만 그건 누군가 내 글을 읽고 '아, 나만 그런 게 아니었구나' 하며 위로받는 순간을 위한 작업이기도 하지요. 글을 쓴다는 것은 결국 관계를 만드는 일입니다. 서로 다른 시공간에 있는 사람들이 한 편의 글을 통해 만나고 서로를 이해하게 되는 것. 어느 지점에서 슬퍼하고 분노할지 명쾌해지는 것. 이로써 우리는 설명할 수 없이 마음이 편안해집니다. 그것이 내가 오늘도 이 새벽에 앉아 뜨거운 불꽃을 견디며 글을 쓰는 이유입니다. 비로소 삶이 살만하다고 느끼게 되는, 기분 좋은 온기가 번져갑니다.

달걀 한 개와 노는 법

달걀에 관해서만은 좀 진지한 편입니다. 그건 행복한 암탉이 좋은 알을 낳을 수 있다는 문구를 어디선가 본 후로 그렇게 된 것인데, 이 문구는 이제 확신을 넘어 종교가 되었습니다.

유기농이 으레 그렇듯 좋다는 건 비용이 꽤 들어갑니다. 비싼 까닭에 큰마음 먹고 몇 판을 사다가 쟁여둔 날이었습니다. 식구 수만큼 달걀을 삶아 놓았는데 아무도 먹지 않아 내가 두 개를 먹으니 하나가 남았습니다. 남은 달걀은 나조차 손이 가지 않아 식탁에 데굴데굴 굴러다녔는데, 깨지면 먹어 치워야 하니 밥그릇에 얌전히 담아 두었어요. 그렇게 이틀 내지 사흘이 지났습니다.

남겨진 음식을 먹을 때는 맛있어서라기보단 아까워서일 대가 많은 것 같아요. 달걀을 밥그릇 모서리에 콕하고 깹니다. 껍데기의 틈을 따라 드러나는 흰자가 매끄럽고 단정합니다. 곧장 입으로 가져가려다 코에 먼저 허락을 구합니다. 달걀 특유의 비릿한 황 냄새를 기대했건만, 미미한 잡내만이 코끝에 걸립니다.

'어, 이거 아닌데.'

이런 냄새는 코끝에 한 번 닿으면 코를 비벼도 고개를 돌려도 따라다닙니다. 다시 보니, 표면은 매끈하지 않고 미끈했습니다. 미끈한 것은 진득한 것이기도 했습니다.

'흐르는 물에 씻어야겠다.'

수도꼭지를 열어 뽀득뽀득 문지르니 미끄덩한 건 물에 흩어졌는데 미미한 고린내는 좀처럼 사라질 기미가 없습니다. 고민이 됩니다. 먹을까 말까. (살짝 쉰내가 나기 시작한 나물이나 밥은 그냥 먹어 치우는 편입니다.)

끓는 물에 달걀을 넣어 십분 간 뜨거운 샤워를 시킵니다. 냄새가 날아가도록 뚜껑을 여니 냄비를 꽉 채운 뿌연 김이 얼굴에 눅눅하게 달려듭니다. 다시 밥그릇으로 돌아온 달걀의 흰자가 촉촉하여 반짝입니다. 조금 떼어 맛을 봅니다.

'먹을 만하군.'

헛된 짓은 아니었다며 안도합니다.

문제는 노른자에 있었습니다. 흰자 아래에 드러난 노른자는 더 이상 내가 알던 노른자가 아니었습니다. 그 푸르딩딩한 색깔을 보면 나는 예전부터 괜히 싫은 느낌이 듭니다. 달걀 속 따스한 색의 조합을 기대했는데 차갑게 돌변한 얼굴에 거쓱해진 겁니다. 그런 이유로 달걀을 삶을 때마다 반숙으로 삶으려 애써 온 것인데요. 노른자니까 당연히 노랗다는 인식 뒤에는 보이지 않는 작은 노력이 숨어 있었습니다. 기대와 현실 사이에서 모자라지도 넘치지도 않는 최적의 상태, 그 골디락스의 지점을 지켜 내려던 섬세한 조율 말입니다. 나는 이 완벽한 빛깔을 유지하기 위해 부단히 애를 씁니다.

하지만 영원할 것 같은 그 빛깔도 맛도 결국은 시간의 흐름 속에 놓여 있다는 엄연한 사실을 깨닫습니다. '변하지 않을 것'이라 믿었던 가치들이 시간 앞에서 얼마나 무력해지는지, 그 자명한 진리를 알면서도 우리는 때로 모르는 척 눈을 감아 버리곤 합니다.

우리는 변화를 두려워합니다. 달걀의 안과 밖, 혹은 그대로일 것이라 믿었던 모든 것이 끊임없이 변하고 있습니다. 좋든 싫든, 모든 것은 변하는 것으로 삶을 증명합니다. 그러니 변화를 거부하는 일은 곧 필연을 거스르는 일일지도 모릅니다. 그건 희망도 어쩌지 못하는 영역이지요.

문제는 변화가 아니라 그것을 받아들이지 못하는 마음에서 시작됩니다. 거부하면 길을 잃지만 받아들이기만 한다면 해결의 시작이 될 수 있습니다. 인정하면 마음은 서서히 풀어집니다. 두려워하면서도 그 안에서 기어이 삶의 의미를 찾아내는 것, 그것이야말로 우리가 이 필연의 흐름을 살아 내야 하는 유일한 방식은 아닐까요.

세상의 조도가 낮아지고 머리가 사선으로 기운 형태가 침침한 유리창에 비칩니다. 우두커니 앉아 달걀 파편 따위를 보고 있는 나를 혹자는 좀 쓸쓸하게 볼지도 모르겠습니다. 쓸쓸함은 겉모습일 뿐 사실 나는 감탄사를 연발하며 재미있어 죽겠습니다. 달걀 이야기는 핑계고 처음부터 놀기 위한 심사로 벌인 일일 수도 있어요. 혼자 노는 일, 뭔가를 바라보며 파헤치는 일, 찻잎이 물에 불어나 넓적해지는 것을 목격하는 일, 뱃속에 찌르르 흐르는 위액을 감지하는 일이 재미로 다가올 때가 있지요. 오늘도 꼼지락꼼지락, 사부작사부작의 목표를 가까스로 이루었습니다.

집에 불을 밝힙니다. 시야에 들어온 주변이 휑뎅그렁한 느낌입니다. 행성 간 충돌이라도 일어나서 이 세상에 홀로 살아남는다면 나는 또 이런 것들을 하고 있을 것 같습니다. 간이역 대합실에 앉아 슬로 모션으로 펼쳐지는 일상의 풍경을 꼼꼼히 바라보는 일. 수없이 마주할 변화를 가까이에서, 혹은 아주 멀리에서 지켜보는 일. 끝내 갸우뚱하거나 끄덕여 버리는 일 같은 것들요.

무엇이든 붙잡아 쓰자는 마음은 오늘 달걀을 붙잡았습니다. 달걀 한 개를 이토록 오래 들여다보고 노른자에서 삶의 이치를 읽어 내는 일. 예전의 나라면 그저 '상했네' 하고 버렸을 것을 이제는 그 안의 작은 세계를 들여다보게 되었습니다. 세밀한 것을 관찰하는 습관은 점차 삶 전체를 바라보는 방식이 되었습니다. 흐르고 변하는 것에 거스르기보다 받아들이는 법을 배우며 그 속에서 오히려 삶의 아름다움을 발견하게 되었지요.

나의 변화도 이미 시작되었다고 믿습니다.

무심코 지나친 몹시 아름다운 것들

컴퓨터 앞에 앉아 화면과 눈싸움을 벌이고 있을 때였습니다. 따뜻한 무게가 무릎 위로 살포시 얹힙니다. 모니터 화면은 반쯤 가려졌고 고개를 돌려 바라본 딸아이의 얼굴엔 말 못 할 서운함이 묻어 있었습니다. 내가 말을 아껴 글을 쓰겠다고 결심한 일을 아이가 모르기도 하려니와 부쩍 줄어든 엄마의 잔소리가 문득 그리워진 눈치였습니다.

나의 공간을 조금씩 갖기 시작했습니다. 딸이 문을 닫고 들어간 뒤에 혼자 덩그러니 남아 식탁에 남은 반찬을 깨작거리거나 글을 끄적거리면서 자연스럽게 공간이 나누어진 이유도 있습니다. 방에 따라 들어가 딸의 하루를 시시콜콜 물으며 나와 아이를 동기화하던 일을 자제해야겠다고 마음먹은 것도 있고요. 공간이 나뉜 일이 너와 나의 성장과 진보임을 인정하기로 합니다. 아이는 식탁 위에 무질서하게 흩뜨려진 책들을 보며 '엄마, 림태주가 누구야? 은희경이 누구야?' 하고 묻지만, 이 순간마저 눈을 자신에게로 옮겨오지 않는 엄마의 시선을 따라 백지 위에 늘어나는 동그라미와 막대기의 조합을 빤히 바라봅니다. 엄마가 낮 동안 무슨 생각으로 소일하였을까를 궁금해하면서도 묻지 않습니다. 까매지는 백지를 엿볼 뿐이지요. 사랑스럽고 고소한 아이의 체취가 훅 스밉니다.

"엄마가 요즘 나한테 너무 신경을 안 쓰는 것 같아."

아이에겐 미안한 말이지만 나는 속으로 쾌재를 불렀습니다.

'내가 몰두하고 있구나. 오늘도 꿈을 놓지 않았구나.'

글을 쓰기 시작하기 전까지 나는 주변의 변화를 잘 몰랐습니다. 습관처럼 사느라 나무도 꽃도 무심하게 보았고, 새벽의 새소리에 귀를 기울여 본 지, 하늘의 달과 별을 상념 하지 않은 지 한참이나 되었다는 것조차 알지 못했어요. 삶이 지치면 평범함도 꿈처럼 아득해질 때가 있습니다.

쓰던 것을 덮어 두고 주섬주섬 나갑니다. 밖에 나가면 부쩍 궁금한 게 많아지는 요즘이에요. 궁금한 게 많아지는 것은 좋아하고 싶어 하는 마음이라던데.

매일 공원에 가는 이유는 글 쓰는 일이 자연에 힘입은 바가 크기 때문입니다. 길었던 봄 가뭄 끝에 반가운 단비가 내립니다. 땅이 해갈하는 일이 우선일 텐데 짧은 봄을 아쉬워하는 이들은 꽃잎을 보며 조바심을 냅니다. "꽃 다 떨어지겠네." 그러나 이제 막 피어나기 시작한 싱그러운 꽃은 꺾일 기미 따위 없습니다. 빗방울 속에서도 고운 빛깔을 영롱하게 뽐내고 있을 뿐이지요.

비를 핑계 삼아 떨어져 버린 꽃잎은 본래 떨어질 타이밍만 기다리던 꽃잎은 아니었을까 합니다. 짧은 봄이라 인정해 버리고 지레 짧은 생을 수용하고 있는 것은 아니었을는지요. 빗물의 무게에 못 이기듯 기운 꽃잎과 오히려 더욱 찬연한 빛을 내는 꽃잎은 철저하게 다른 결을 가집니다. 빗속의 꺾이지 않는 기개가 혹한에 빨갛게 피어나는 매화의 기백과 포개집니다. 구차한 핑계를 만들지 않는다면, 빗속에서도 빛을 내겠다는 의지라면 그 결은 단지 사군자만의 것이 아닐 것입니다.

꿋꿋한 생명을 바라보고 있으면 평소에는 잘 보이지 않았던 것들이 하나둘 눈에 들어옵니다. 모든 순간을 온전히 의

식하려고 하면 자연은 귀한 것들을 내어줍니다. 밤하늘의 달
이 나만 졸졸 따라다닌다는 것, 꽃에 "예쁘다"라고 말하면 사
락사락 흔들며 좋아한다는 것, 달릴 때마다 땅이 발을 밀어
올려 준다는 것, 나무를 안고 있으면 따뜻한 온도가 느껴지
는 것. 이런 풍경을 보지 못하고 느끼지 못하는 이들을 어찌
할꼬. 나는 스스로를 운 좋은 사람이라 자처할 수밖에 없습
니다. 세상에는 무심코 지나치기 아름다운 것들이 너무나 많
습니다.

　자신을 스스로 미인이라 칭한 미인매(매화와 자두의 교잡 품
종)의 향이 새침하게 코끝을 건드립니다. 줄듯 말 듯한 향내
에 감질나면 당장 나무 밑으로 다가가 다른 한 움큼의 향내
를 기다립니다. 맡긴 적 없는 것을 내놓으라는 심보가 못마
땅했을까, 아니면 누군가 탐내는 순간 내 것이 귀해지는 법
일까. 꽃은 방금 내뿜은 향을 꼭 움켜쥐고 더는 내어 주지 않
습니다. 살짝 심술이 났습니다. 가지 사이로 얼굴을 들이밀
어 꽃송이 속에 코끝을 묻어 버렸지요. 꿀벌이 이방인의 얼
굴 앞에서 숨 가쁜 신호를 주고받습니다. 들숨을 따라 콧구
멍에 벌이 들어와도 괜찮다는 심사로 나는 한동안 뻗대고 있

었습니다. 그때, 어쩔 수 없다는 듯 터져 나온 향기에 코끝이 아찔해집니다. 눈동자의 힘이 스르르 풀리고 맙니다.

　향내는 내내 나를 따라다녔습니다. 바람결에 날아온 꽃가루가 눈언저리와 콧등에 흩뿌려진 이유로 할 수 없이 조금 훌쩍거렸어요. 바람은 보드라운 입김으로 등과 머리를 다독여주었습니다. 봄은 그렇게 내 몸에 들어와 겨우내 꽁하던 것들을 녹여주었지요. 취한 듯 걸으며 집에 돌아왔습니다. 산책은 기대하지 않았던 걸음 끝에서 항상 분에 넘치는 소득을 안깁니다. 카메라에 담아 온 꽃 사진을 보며 생각합니다. 글을 마주하는 마음 또한 조심스럽게 들이대는 카메라 같은 것이라고. 내가 무얼 지켜보고 있는지, 어떤 찰나를 문장이라는 프레임 안에 담고 싶은지 끊임없이 묻고 맞추어 보는 과정이기 때문이에요. 그래서 글감을 찾는 일은 내가 오늘 무엇을 마음에 품고 키워 볼지를 묻는 일이기도 합니다. 그 질문 끝에 고요한 침묵의 대화가 이어집니다. 치유는 대개 이토록 말없이 찾아오곤 합니다. 눈부신 백지가 나를 부릅니다.

외로운 게 뭐 별건가요

소녀들에게 소속감은 중요했습니다. 별난 애가 되지 않기 위해서는 어떤 무리에든 속해야 했지요. 그 시절, 나 역시 무리 안에서 존재감을 확인하며 안도하곤 했습니다. 그리고 소녀들은 자라서 이제 학부모가 되었어요.

단체 사진을 찍는 자리. 선생님에게 요청하는 엄마를 보았습니다. "우리 아이를 센터에 세워 주세요."

그 엄마의 심리가 궁금해졌어요. 가운데 자리, 즉 '인싸'를 성공의 표징으로 여겨 온 세태가 그 바탕이었을까요.

일상의 작은 경험은 인생이라는 거대한 흐름의 표본이 됩니다. 미미한 표본에서 생의 커다란 힌트를 얻어 보려는 욕심이 납니다. 이 글은 내가 인싸였던 순간들과 아싸였던 순간들을 돌아보며 그 의미를 정리해 보는 시도입니다. 모든 경험을 다 담을 수는 없지만 단편의 기억을 통해 외로움의 본질에 대해 생각해 보려 합니다.

나는 아싸일 때, 혹은 인싸일 때마저 꽃샘추위 같은 으슬으슬한 외로움을 느꼈습니다. 외로움의 문제는 소속감이나 귀속감으로 쉬이 해결되지 않나 봅니다. 이미 유명하거나 세상에 충분히 드러난 사람들이라고 하여 외로움이 없지 않듯, 아싸가 외롭기만 할 것이라는 생각에는 인싸가 만들어 낸 비약의 냄새가 납니다. 결국 양측이 똑같이 외로우면 어느 쪽으로도 나는 외로움을 처리할 수가 없습니다.

티브이의 인기 프로그램에는 인싸라고 하는 이들이 가득했습니다. 패턴은 여전했습니다. 인싸의 말은 추켜세워지고 아싸의 말은 줄곧 무시당하거나 웃음거리가 되어 버리는 것. 그들 사이에 오랫동안 뿌리내린 인기 기반의 언어와 행태가 시청자에게 끝없이 메시지를 보냅니다. 인싸 만세!

즐겨보던 프로그램이 방영 중이어서 등에 쿠션을 끼우고 앉았습니다. 게스트를 초대해 이야기를 들려주는 프로그램이었는데 돌연 귓바퀴를 따라 뱅뱅 도는 어떤 발음 하나 때문에 잠시 생각에 잠겼습니다. 그건 아나운서 출신 인기 연예인의 발음이 정확한 발음이라고 확신한 탓이었습니다. 입에 붙을 정도로 훈련하고 교육을 받은 이가 틀릴 수는 없다는 생각에서였지요. 게다가 그가 인싸 중에 핵인싸였기 때문에 더 그랬을지도요.

'내가 그간 '창고'를 그릇되게 발음하고 있었구나.'

창고를 연신 [창꼬]로 발음하는 그를 보며 따라 했습니다. 문장도 만들어 보며 입에 붙이려고 했지요. 함께 출연한 게스트도 덩달아 그처럼 발음했습니다. 그러다 뒤이은 화면, 한 노인의 인터뷰를 보다가 갸우뚱해졌습니다. 문자 그대로 발음하는 그의 [창고] 발음이 내 귀에 이물감 없이 쏙 들어왔기 때문이죠.

'저분도 나랑 똑같이 발음하네.'

핸드폰 앱을 열어 내가 지금 마주하고 있는 건 국어사전의 스피커 버튼입니다. 사십 년 넘게 써온 발음이 나를 배신했다는 것을 쉽게 지우지 못했던 탓일까요. 완벽해 보이는 인싸 연예인을 한번은 이겨 보고 싶은 심리가 도박처럼 작용했습니다. 틀린 발음을 죄책감 없이 공중파에 뿌리고 있는 그를 내가 한번은 질책해 보고 싶었는지도요. 버튼에 귀를 갖다 댑니다. 그리고 발음을 확신하게 될 때까지 들어 봅니다.

'냉장고'를 [냉장꼬]로, '빙고'를 [빙꼬]로 발음하지 않는 것을 알면서도 무의식이 저지른 편견에 힘없는 한숨이 나옵니다. 그 후, 나는 [창꼬]를 거부합니다. 그리고 한때 잠시라도 [창꼬]를 연습했던 혀를 부끄럽게 여깁니다. 그릇된 걸음을 인도하는 자와 그 길을 의심 없이 따라가는 자들이 만들어낸 소리를 믿었던 미숙한 마음을 먼지처럼 털어내고 싶습니다.

인싸가 아니어서 나를 가엾게 여길 이유는 없습니다. 나는 아싸를 선택하며 오히려 조금씩 나 자신이 소중해지고 있음을 느낄 뿐입니다. 끌려다니거나 몰려다니기를 거절하며 비스듬히 비켜나 있기로 합니다. 인싸에겐 미안한 소리지만 영원한 인싸는 없습니다. 남자애들의 경우 경계는 명확합니다. 병역을 다하고 복학하면 인싸가 밥 먹여 주는 것이 아님을 알게 된다지요. 각자도생이란 사실만 남습니다. 영원히 남는 길은 아싸의 길이에요. 균형을 잃지 않기 위해, 고여 있지 않기 위해, 중요한 것을 보기 위해, 와중에 있지 않기를 택합니다.

비켜나 있으면 인생의 우회로가 보입니다. 약간 떨어진 위치에서 세상사를 바라보고 그 거리를 가장 잘 보이게끔 마음 속 렌즈를 조절할 때의 조심 섞인 긴장감은 곧 글을 쓰고 싶은 욕구로 이어집니다. 글을 쓰면서, 중심으로부터 멀어지면서, 나는 덜 소비하고 더 충만해지는 기분을 보람으로 삼습니다. 어떻게 살고 싶은지, 이제야 물음의 답을 조금 찾은 것 같습니다. 시간을 낭비하는 것을 관두고, 누군가를 소비하는 삶을 멈추고, 내가 옳다고 믿는 것들을 더욱 옳게 증명해 가며 단단하게 나를 채우려 합니다. 나는 아무것도 할 수 없지만 오직 그것만은 할 수 있다고 믿습니다. 혼자만 해야 할 일들이 많아지면 혼자이지만 꽤 바쁜 몸이 되겠지요.

소속감을 확인시키려는 공동구매 단톡방과 소비자를 잃을까 전전긍긍하는 쇼핑 앱의 알림이 온종일 핸드폰을 부르르 떨게 합니다. 읽지 않은 알림의 숫자를 애써 무심하게 넘깁니다. 우리는 늘 속해있기 위해 너무 큰 심려를 안고 삽니다. 필요할지 모르는 온갖 소식과 알림이 복잡한 마음의 한편을 전세 내고 있진 않은지 돌아볼 일입니다.

누군가 내게 어떤 삶을 살고 싶은지 묻는다면 경계 밖에서 관찰하는 삶, 말 대신 글을 쓰는 삶, 품위를 지키느라 싸우지 못한 삶을 비웃는 삶이라고 말하겠습니다. 그로써 나는 아웃사이더가 됩니다. 창고가 똥꼬냐, 라고 반문하며 실컷 비웃으며 살 작정입니다.

작심과 작심 사이

'돈으로 습관을 살 수 있으면 어떨까? 글쓰기 습관은 얼마쯤 할까?'

유명 작가의 성장기를 들었거나 신인 작가의 출간 소식을 접했을 때 나는 그들의 습관이 몹시 궁금해집니다. 그 습관을 들이기까지 얼마나 애쓰고, 어떤 마음으로 버텼을지.

습관을 만드는 과정은 막대한 투자를 요구합니다. 돈으로 환산할 수 없는 소중한 시간과 에너지, 그리고 한계까지 쥐어짜는 의지력을 죄다 쏟아부어야 하니까요.

동기는 대개 마음을 흔드는 강력한 감정에서 비롯되곤 합니다. 사람은 본받고 싶은 누군가를 보면 흉내 내고 싶은 욕구를 느끼기 마련이지요. '나도 써 볼까' 하는 마음 또한 예고 없이 찾아올 수 있습니다. 그런 순간은 반가운 마음으로 냉큼 붙잡아야 합니다. 지금을 놓치고 나면 다음은 언제가 될지 모르기 때문이에요. 놓치고 싶지 않은 순간은 결심보다 '작심'이라는 더 단단한 끈이 필요할 수도 있겠습니다. 결심이 단순히 '하겠다'라면 작심은 '고난과 고통을 무릅쓰고'라는 각오가 담긴 말입니다. 내게는 암 치료의 끝과 글쓰기의 시작이 묘하게 맞물린 이유로 글쓰기 습관을 만드는 일이 건강을 되찾는 일만큼 절실하고 소중하게 느껴졌습니다. 그렇게 어렵게 얻은 습관도 잠깐 한눈을 팔면 어느새 원점으로 되돌아가 있을 때가 있습니다. 글쓰기는 늘 시작과 중단을 반복했습니다.

결심한 일이 습관화되지 않았던 경험을 돌아보면 나름의 패턴을 찾을 수 있습니다. 계속 미루다가 아예 미뤄 버렸다든가, 급하게 달려들어 쉽게 지쳐 버렸다든가 하는 식이죠. 이제는 그런 시행착오들이 하나의 교훈으로 남았습니다. 알아낸 방법은 의외로 간단했습니다. 적금이나 예금처럼 먼저 시간을 떼어 내어 미리 할애하는 거예요. 남는 돈으로 저축하려고 하면 목돈을 모을 수 없듯이 남는 시간만 기다리다가는 한 줄도 못 쓰게 됩니다. 글쓰기를 위해서도, 시간을 남겨 두는 게 아니라 먼저 쓰고 남겨야 합니다.

그러나 그렇게 할 때조차 불안은 따라붙었습니다. 글쓰기 특유의 지루함이 밀려오면 초반의 기세가 꺾이는 일이 잦았으니까요. 작심삼일만 되어도 '이번엔 성공한 거야'라고 느낄 정도였습니다. 그러던 어느 날, 익숙한 중국어 표현 하나가 마음에 들어왔습니다.

不怕慢, 只怕站

직역하면 '느린 것을 두려워하지 말고, 중도에 그만두는 것을 두려워하라'라는 뜻입니다. 의심의 시선을 거두고 묵묵히 지속하는 일에 길이 있다는 말이에요. 우리말에도 '가다가 멈추면 아니 감만 못하다'라는 속담이 있지요. 중간에 멈추는 것은 일을 더 힘들게 할 뿐입니다. 이제는 작심과 작심 사이 반복의 공백을 줄여 나가는 것을 목표로 합니다. 조급했던 마음도 느긋해지고 초심을 오래 간직할 수 있게 될 거예요. 그 반복하는 공백을 가만히 들여다보면 성취, 후회, 단념, 다짐과 같은 낱말들이 마구 섞여 있습니다. 그중 어떤 감정이 나를 지속하게 만드는 것일까요. 무엇에도 의존하지 않고도 자연스럽게 습관을 이어 갈 수 있다면 참 좋을 텐데요.

한 가지 일을 꾸준히 하는 이들을 눈여겨보기 시작한 건 이즈음부터였습니다. 하루도 거르지 않는 루틴. 그것이 좋은 것이든 아니든, 그 지속의 마음이 어디서 출발하는지 알아야 했습니다. 그러다 시선이 닿은 곳은 엉뚱하게도 흡연자들이 모인 자리였습니다. 아무도 못 말리는 애연가들. 나는 그들에게서 애필가의 비결을 찾아보고 싶었습니다. 그들이 흡연을 계속하는 힘이 나를 지속하게 하는 힘과 크게 다르지 않을 거란 기대가 있었지요.

맞아요. 그 힘은 이미 도파민으로 판명되었습니다. 흡연도, 게임도, 유튜브도, 재미있는 것은 대개 도파민으로 모입니다. 하지만 인생은 짧게 편집된 쇼츠가 아니라 끝없는 롱테이크 샷입니다. 일상은 본래 지루하며, 자극적인 순간만이 인생의 전부일 수는 없지요. 도파민이 꺼진 순간에도 우리는 삶을 이어 가야 합니다. 그 공허를 메울 힘을 거대한 자극이 아닌, 작은 성취가 주는 은은한 도파민에서 찾아야 할 뿐입니다. 매일 10분 요가를 하거나 1년에 한 권의 책을 필사하는 것처럼 소소한 성취가 자연스러운 도파민을 만들어 냅니다. 덕분에 우리는 작은 성취를 통해 자주 행복해질 수 있습니다. 그건 반대로, 강한 자극만 기대하다 보면 글쓰기는 그저 반복되는 결심으로만 남을 가능성이 크다는 이야기도 됩니다.

글을 쓰는 순간에도 도파민은 나옵니다. 글을 다 쓰고 난 뒤에도 기쁨이 지속되기도 하지요. 짧은 한 문장일지라도 고심하여 선택한 단어들을 종이 위에 적으며 성취와 기쁨을 느낀 적이 있습니다. 스레드에 생각 한편을 올리고 나면 어쩐지 시인이라도 된 듯 흐뭇합니다. 크진 않지만 알차고, 작지만 단단한 이 즐거움은 작은 행복을 나열할 줄 아는 사람들의 특권이라고도 할 수 있습니다. 문맥의 앞뒤가 맞아 들어갈 때의 카타르시스, 잃어버린 퍼즐 조각 같은 단어를 마침내 발견했을 때의 만족감, 마침표를 찍고 나서 느껴지는 잔잔한 충족감까지. 이건 글을 쓰도록 유혹하는 감언이설이 아닙니다. 내 행위를 정당화하는 합리화는 더욱 아니지요. 이건 우리가 집중해야 할 행복과 기쁨에 관한 이야기입니다.

글쓰기는 삶과 무척 닮았습니다. 성취와 실수를 오가며 결심과 포기를 반복하죠. 그러다 어느새 습관이 되면 삶은 습관의 흐름을 탑니다. 삶은 글을 닮아 갑니다. 지루함이 삶의 기본값이라면 기쁨은 우리가 기대하고 기다리는 변수입니

다. 그렇기에 우리는 하루를 쌓고 시간을 다듬으며 기쁨이
찾아올 순간을 적극적으로 만들어 내야 하는 것이지요. 오늘
도 눈과 발에 밟히는 것들을 텍스트로 옮기면서 건강한 도파
민을 찾기 위해 부지런히 움직입니다. 이 글을 완성한 지금,
소소한 기쁨이 밀려옵니다. 내가 찾던 단단한 도파민입니다.

굴만한 것이 없습니다

난생처음 한약방을 찾았을 때의 일입니다. 초면에 여인의 손목을 잡아채 지그시 손끝을 감지하는 노老 한약업사는 사주를 해석하는 역술인처럼 말했습니다. "화가 많구면."

팔딱이는 핏줄을 거슬러 심장의 기운을 살피는 표정은 진지했습니다. 심장 너머의 은밀한 속내까지 투시하는 혜안에 나는 꼼짝없이 감탄합니다.

한의학으로, 인문학으로, 그러다가 심리학으로도 풀이 되었던 그와의 시간이 상담인지 진료인지 알 수 없었습니다. 하지만 나조차도 잘 알지 못하는 나를 보는 그의 해석이 무엇을 근거로 한 것인지 신기하고 궁금했습니다. 화가 많아진 이유는 마음의 곤란이 근원일진대 입을 통해 육체로 흡수되는 약이 어떻게 마음에 이르게 될지 명쾌하지 않습니다. 외쿠의 제안에 내부의 내가 동의할지도 당최 모르겠습니다.

"정확히 무슨 효능을 기대할 수 있는 거죠?"

"보약은 넘치는 기운을 깎고 부족한 기운을 채우는 약이라고 보면 됩니다. 달여 줄 테니 한 달 먹어 보고 좋으면 전화 주세요."

나는 처음보다 더 알쏭달쏭해진 상태로 문을 나왔습니다.

한 달 후, 그날도 예전만큼 화를 내고 예전처럼 후회했습니다. 쓰디쓴 한약 때문에 미간을 찌푸린 일이 괜한 일처럼 느껴졌지요. 돈 낭비를 했다고 생각하니 거기에 들인 시간과 애씀에 억울한 기분까지 들었습니다. 다만 그날 이후로 한 가지 변화가 생겼습니다. 분노가 피어오르는 순간을 감지하고 그에 대처하는 나의 모습에 집중하기 시작한 것입니다. 언성을 높이며 과하게 맞서진 않는지, 아니면 조용히 끌어안아 버리는지, 나는 나를 관찰하기 시작했습니다.

누군가와의 대화 끝에 언성이 높아졌을 때였습니다. 예전 같으면 즉석에서 바로 맞섰을 텐데 이번엔 잠시 멈춰 몸의 변화를 살핍니다. 가슴이 뛰고 얼굴이 뜨거워지며 눈꼬리가 올라가는 신호를 즉시 감지해 봅니다. '아, 지금 내가 화가 나고 있구나!' 그러자 이상하게도 그 순간만큼은 감정에 휩쓸리지 않을 수 있었습니다. 어떤 날엔 시장에서 달걀을 사고 있었습니다. 작고 예쁜 것으로 골라 담고 있는데 어떤 손님이 달걀을 모조리 다 사겠다며 내 것까지 가져가 버렸죠. 보통 때였다면 부르르 끓어올라 담판을 지었겠지만, 그날은 '그냥 옆집에서 사면 되잖아'하며 자신을 달랬습니다.

분노의 정체를 알고 싶었습니다. 나는 왜 화를 내고 싶은 걸까요. 내 분노는 누구에게 전달되어 의미를 가질까요. 감정을 택하고 주행하는 건 내게 온전한 자유를 주는 것이면서 동시에 제어가 안 되는 기어를 주는 일이기도 합니다. 이제 나는 '분노를 표현하는 것'과 '분노에 휩싸여 표현하는 것' 그 미묘한 경계 사이를 절도 있는 몸짓으로 증명해 보이고 싶습니다.

언젠가 지나치며 들은 우화가 있습니다. 뱀 한 마리가 어느 빈 목공소에 미끄러져 들어가 요깃거리를 찾습니다. 무심결에 톱 위를 지나다 몸에 길고 가느다란 상처 하나를 얻지요. 이유를 알 리 없는 뱀은 톱이 자신을 공격했다고 여깁니다. 화가 잔뜩 난 뱀은 몸뚱이를 무기 삼아 톱을 칭칭 감으며 질식시키려 하지만, 그럴수록 자기 몸이 조각난다는 것은 알지 못합니다. 피를 흘리고 상처가 깊어지는데도 왜 그런지 이유를 알 수가 없어요. 뱀은 고통이 심해져 악다구니를 쓰며 톱을 집어 뭅니다. 맹렬한 기세로 흔드는 사이, 뱀의 주둥이에 톱니가 깊이 박힙니다. 그리고 숨이 잦아듭니다.

　정지 화면처럼 멈춰 생각했습니다. 뱀의 분노는 집착이 되었고 결국 자신을 파괴하고 말았습니다. 나도 그런 적이 있었습니다. 불의한 일을 당했을 때 온종일 그 생각만 하며 속을 끓이고 주변 사람들에게 같은 이야기를 반복하며 분노를 키웠던 경험이요. 하지만 그럴수록 문제는 해결되지 않고 나만 지쳐 갔습니다.

　분노는 어떻게 다뤄야 할까요. 분노라는 감정 자체는 잘못이 없습니다. 문제는 분노에 휩쓸려 표현하는 것에 있어요. '분노를 표현하는 것'과 '분노하며 표현하는 것' 사이에는 분명한 차이가 있다고 생각합니다.

　내가 찾은 답은 글쓰기입니다. 처음엔 우연이었습니다. 어느 날 아이를 크게 나무란 후 화가 나서 잠을 이룰 수 없었습니다. 그때 무작정 노트를 꺼내 순간의 감정을 써 내려갔습

니다. '나는 지금 화가 난다. 왜냐하면······.'

그렇게 시작한 글이 금세 몇 장이 되었습니다. 신기한 일이 일어났습니다. 글을 쓰는 동안 내 감정이 조금씩 정리되었습니다. 처음엔 '아이가 너무 대든다'로 시작했는데 쓰다 보니 '내가 좀 더 이해해 보려고 해야 하진 않았을까?'라는 생각에 이르게 됐지요. 글은 나아갈수록 애초의 부정적 감정을 따돌립니다. 사유의 방향을 획 틀어서 보이지 않던 생각을 내 안에서 만져 보게 하지요. 분노가 서서히 식으면 상황은 좀 더 객관화되고 간단해집니다. 그 이후로 화가 날 때마다 글을 썼습니다. 때로는 일기 형태로, 때로는 보내지 않을 편지 형태로. 글 속에서 나는 마음껏 화를 낼 수 있었고 동시에 그 분노를 차근차근 해부할 수 있었습니다.

정말 이것 때문에 화가 난 걸까, 아니면 다른 스트레스가 쌓여 있던 걸까?

이 상황에서 내가 할 수 있는 최선은 무엇일까?

어느새 글쓰기는 나만의 분노 처방전이 되었습니다. 차근차근 배웁니다. 누구나 그럴 수밖에 없는 이유가 있다고. 그 이유를 들여다보기 전에는 누구도 비난할 수 없다고. 그건 나도, 그도 마찬가지라고. 마음속에 바삭바삭하던 것들이 종이 위에서 한결 누그러집니다.

　세상이 내 마음 같지 않을 때, 세상이 내 마음을 몰라줄 때, 종이와 펜을 꺼냅니다. 효능 없는 약에 의지하지 않습니다. 분노를 삼키지도, 함부로 뱉지도 않고, 오직 글로써 그 뜨거운 감정을 소화해 보려는 것이지요. 오늘도 불쑥 화가 나는 일이 있었습니다. 지인이 갑자기 약속을 취소해서 한순간 짜증이 치밀었어요. 예전 같았으면 상대에게 차가운 메시지를 보냈을 것입니다. 그러나 이젠 노트에 적습니다.

　'실망스럽다. 그런데 그 사람도 나름의 사정이 있었을 테지.'

　쓰고 나니 역시 마음이 가벼워집니다. 이 주행법은 오늘도 옳았습니다. 마음에 질서가 돌아왔습니다.

때가 오면

친구 C와의 통화가 길어졌습니다. 내일의 수다는 하나도 남지 않을 만큼 어제 쏟아 냈는데 오늘이 된 내일에는 오늘의 할 말이 솟아나는 신기한 경험을 하고 있습니다. 오늘의 수다가 끝나야만 내일의 수닷거리가 생기는 것인지, 시간은 언제나 한 걸음씩만 허락합니다.

오늘의 골자는 C의 부부 싸움이었습니다. C의 남편이 한 달 전쯤 C에게 선물한 최신형 핸드폰이 발단이었지요. 그건 C가 기뻐하는 모습을 기대한 남편이 자신의 택시비와 식대를 맞바꿔 준비한 선물이었습니다. '뭐야, 자랑하는 거야?' 하며 받아치려다가 '어쩐지 통화감이 좋더라' 하면서 장단을 맞춰 줬어요. 그런데 뜻밖에 C는 아직 폰을 개봉조차 하지 않았다고 합니다. 그것도 한 달째.

반짝이는 외관, 수많은 기능, 그 어떤 것도 꺼내지지 않은 채 조용히 대기 중인 선물을 보다 못한 남편이 오늘은 한마디했나 봅니다. 정성 들여 쓴 이메일이 한 달째 '읽지 않음'이면 발신자는 얼마나 김이 빠졌겠어요.

C에게도 나름의 입장은 있었습니다. 아이폰에서 갤럭시로 바꾸는 일이 생각보다 번거롭다고 느껴졌던 거지요. 손가락의 제스처도 낯설뿐더러 뒤로가기 버튼 하나도 자신 있게 누르기 어렵다고 했어요. 조금만 익숙해지면 될 일인데, 우리는 종종 작은 변화조차 부담스럽게 여기곤 합니다.

최근 내게도 비슷한 일이 있었습니다. 오래 쓰던 구식 폰을 최신 폰으로 바꿨거든요. 그런데 나도 C처럼 조용히 놓아두기만 했습니다.

새것이 생기면 마음은 설레지만, 손은 낡은 것의 편안함을 습관처럼 찾습니다. 지금 쓰는 노트북도 마우스도 시간을 두고 나의 경계 안으로 서서히 들인 것들이에요. 나는 낯을 제법 가립니다. 초면은 누구에게나 어색한 법이잖아요. 누구도 초면에 무거운 비밀을 털어놓지는 않습니다. 낯선 편리함보다는 낯익은 편안함을 붙잡고 있는 시간이 자꾸만 길어집니다.

　새 폰이 손에 익기 위해서는 내용을 옮겨오는 과정이 필요
한데 이것은 아주 간단한 일이지만 굉장히 귀찮기도 한 일입
니다. 마음먹고 하지 않으면 급한 일에 우선순위가 밀려나고
말지요. 귀찮은 일 앞에서는 모든 일은 모조리 급한 일이 되
고 맙니다. 새 폰을 마주한 흥분, 기대, 설렘을 물리칠 만큼
귀찮음의 힘은 참으로 대단합니다.

　이건 단지 익숙함의 문제에만 있지는 않습니다. 내게는 더
깊은 이유가 있었어요. 그것은 글을 쓰기로 마음먹기 전부터
틈나는 대로 핸드폰 곳곳에 남겨둔 작은 메모 조각들 때문이
었습니다. 분산되어서 한데 그러모으기 어려운, 공통점이라
고는 하나도 없는 여백의 순간들입니다.

　울고 싶은 곳을 찾다 문득 열어본 메모장 깊숙한 곳에는
나의 눈물이 자못 고여 있습니다. 꾹 눌러 놓은 것들이 튕겨
나올까, 넣어 둔 후 한 번도 열어 보지 못한 상자입니다. 이
따금 나는 시큼털털한 것들을 그곳에 토해 내고 문을 쾅 닫
았습니다. 머릿속에 천방지축으로 뛰어다니는 생각들을 덜
어놓으면 감정과 조금 분리되는 기분이 들곤 했지요.

　이런 글 조각들은 '메모' 그 이상이었습니다. 순간의 나를

고스란히 담은 감정의 그릇이었습니다. 이를 삭제하거나 잃는다는 건 나의 과거가 현재에게 건넨 마음을 끊어 내는 일이라 나를 지우는 일과 다르지 않았습니다. 지우자니 너무 '나'이고, 잊자니 너무 팔팔하게 살아 있었습니다.

누구에게나 울고 싶은 구석은 필요합니다. 내가 외면했던 감정이, 지워 버리고 싶었던 기억이, 그리고 언젠가 꺼내어 마주하고 싶었던 진심이 조용히 뒤엉키고 뒹굴며 수북해져 있습니다. 그것은 덩치가 불어날수록 나 자신보다 나를 더 잘 아는 존재가 되어 버렸습니다. 방은 작고 어두웠지만 나는 그곳에서 가장 솔직했고 가장 나다웠습니다.

숨 고르기를 며칠째.

헛웃음이 났습니다. 고까짓 일을 하기 위해 마음까지 먹어야 하는가.

올해의 첫날, 인파를 헤치고 바닷가 끝에 서서 떠오르는 해를 보았습니다. 해는 하루도 거르지 않고 매일 뜨지만, 사람들은 새해가 되어서야 그 사실을 기억해 낸 듯 산으로, 바다로 몰려들지요.

'올해는 매일매일 운동해야지!'

'올해는 나를 위해 살아 볼 거야.'

이글이글하며 떠오른 새해를 담은 이들의 눈동자는 저마다의 결심으로 이글거렸습니다. 혼자 하기 어려운 결심을 파도나 태양의 기운에 걸어보는 것. 그건 한 해의 시작에 힘입어 함께 흘러가고 싶은 마음이겠지요. 결심 톱니를 한 해의 출발 기어에 꼭 물려 두는 일. 그건 첫 번째 회전이 마지막 회전과 닮기를 바라는 마음일 것입니다.

그러나 거창하게 떠벌리며 결심한 것들의 끝이 대개 미약했음을 나는 마흔 번이 넘게 떠오른 새해를 통해 배웠습니다. '때가 오면'이라는 말은 사실 '때를 미루는' 말과 다르지 않다는 것도요. 마음먹기 위해 기다리는 순간부터 결심은 이미 시들기 시작하는 것인지도 모르겠습니다. 진짜 변화는 내 안에서 조용히 움트는 것이지요.

구식 핸드폰의 기억을 새 핸드폰에 옮겼습니다. 다시 글 조각을 모읍니다. 마침내 깨닫는 것이 있습니다. 핸드폰을 바꾸는 일도, 글을 시작하는 일도 모두 같은 마음에서 출발한다는 것을요. 언젠가 올 '완벽한 때'를 기다리는 마음이 지금의 나를 꽁꽁 묶습니다. 하지만 그런 때는 오지 않아요. 때는 만드는 것입니다.

물어보고 싶은 게 있어요. 오늘 당신도 당신만의 흔적을 남기진 않았을까. 그게 낱말이든, 문장이든 당신이 새긴 흔적 말입니다. 아무도 읽지 않고 물성도 없는 글이 나에 의해 쓰였다면 그 글은 쓰인 건가요, 쓰이지 않은 건가요. 당신의 언어가 희미하게라도 자취를 남겼다면 나는 당신을 작가로 부르고 싶습니다. 하다가 말 것을 걱정하여 시작한 적 없다고 눙쳐 버리는, 작가가 아닌 척하는 작가.

문득 떠올라 시작한 일이 의외로 오래 계속될 수 있습니다. 핸드폰에, 공책에 혹은 마음속 어딘가에 피어난 생각이 글로 남았다면 당신은 이미 때를 만들어 낸 사람입니다. 결심은 그렇게 시작되지요. 나만 아는 방식으로, 나를 잊지 않기 위한 몸부림으로.

자기만의 방

주방 문을 열고 나오면 비스듬히 돌아앉은 의자가 있습니다. 하루에도 몇 번씩 의자의 등덜미를 잡아당긴 좁은 틈 사이로 몸을 끼워 넣습니다. 4인용 식탁에 둘러앉은 세 식구 중 두 사람이 내 앞에 나란히 앉으면, 내 옆에는 빈자리 하나가 남습니다. 빈 의자 위엔 책, 필사 노트, 그리고 사전과 같은 묵직한 것들이 놓여 있어요. 식탁 위 공간도 비슷합니다. 책과 펜 사이로 종잇장과 지우개 가루가 쉴 없이 분열과 번식을 하고 있지요. 치워도 치워도 금세 너저분해지는 모양은 어느새 내 의지와 관계없는 것이 되어 버립니다.

이 자리에 앉게 된 건 자연스러웠습니다. 그러나 자의는 아니었어요. 금을 그어 둔 건 아니지만 구역은 갈수록 뚜렷해졌습니다. 실용과 소통을 고려한 주부의 자리. 이 자리는 나의 고정 좌석이 되었습니다.

　요즘은 여기에 앉아 무언가에 골똘히 잠기는 순간들이 있습니다. 하지만 나를 부르는 이들의 얼굴에는 미안함이 없지요. 등 뒤에서 불쑥 말을 걸어오거나 무심코 던지는 부탁들은 고요하던 나의 적막을 수시로 헤집어 놓곤 합니다. 드물긴 하지만, 쏟아지는 생각을 글로 감당할 때가 있어요. 몰입이 이끈 곳에 키보드와 손끝이 만드는 일정한 리듬도 있지요. 리듬이 만들어 낸 소용돌이의 정중앙에서 나는 나의 세계를 깨고 들어올 누군가의 기척을 예감하면 돌연 조마조마해집니다. '엄마!' 혹은 '여보!'라고 부르며 나의 몰입을 단숨에 낚아채 가는 가족들의 목소리입니다. 그 목소리에 가세하듯, 가스레인지 위에서 뚜껑을 밀어내는 하얀 기포의 위협 또한 매한가지입니다. 여기에 시도 때도 없이 울려대는 초인종 소리까지 더해지면 나의 적막은 맥없이 무너지고 맙니다. 주방과 제일 가까우면서 바로 현관을 등지고 있는 이 자리는 어쩌면 타의였는지 모릅니다. 이곳은 편히 앉아 쉬는 자리가 아닌 바쁘게 일어서야 하는 자리였으니까요.

　하루에도 수차례 마음을 다잡고 앉아야 합니다. 금세 차가운 공기로 채워진 머리는 좀 전의 뜨거운 것의 행방을 알 수 없습니다. 몇 가지 단어를 단서처럼 엮어가며 스무고개를 이어 가지만, 휘발된 생각이 쉽게 돌아올 리 없어요. 글은 때때로 애초의 방향으로 나아가지 않았습니다. 의외로 더 좋아졌다면 모를까. 대개는 막다른 길에 부딪히기 일쑤입니다. 그럴 때면 딱히 원망할 곳도 없어 조용히 마음만 가라앉힐 뿐입니다.

은퇴 후에는 종일 글만 쓰고 싶다는 어느 작가님의 인터뷰를 본 적이 있습니다. 누구의 방해도 없이 온전한 내 공간에서 나와 내가 협력하거나 싸우면서 만들어 가는 작업. 영감을 제때 붙잡아 이리 돌려 보고 저리 만져 보는 그 희열을 상상하다가 슬며시 올라가는 입꼬리를 느낍니다.

레시피를 적던 손은 글을 쓰고, 일상의 키워드는 문장이 되고 있어요. 오늘 아침, 청국장 뚝배기를 놓았던 자리가 아직 따뜻합니다. 생의 온기가 그대로 남은 공간에서 살아온 날들과 살아갈 순간이 켜켜이 쌓여갑니다.

식탁 위에 숟가락과 볼펜이 팽팽하게 대립하듯 공존합니다. 그들은 하나의 공간을 나눠 쓰는 법을 알아요. 공존이 가능하다는 것은 곧 일상과 글쓰기가 분리될 수 없는 하나라는 듯이기도 합니다. 삶의 순간들이 글이 되면 글 속에는 일상의 온기가 깃들게 되니까요. 식탁─육신에 담아 영으로 전이하는 순환의 발생지─에서 나는 육체와 영혼의 경계를 날마다 무너뜨립니다. 먹고 사유하며, 사유하며 남기는 일. 이것은 애초부터 한 몸이 맞는지 모릅니다.

　　다시 여기, 글을 쓰고 있습니다.

셋.
쓰는 일은 살아 내는 일

나는 나를 아주 잘 이해하기 때문에 글을 쓰는 것이 아닙니다. 오히려
글을 쓰는 일이 나를 이해하게 해 준다는 것을 믿는 쪽에 가깝지요.

도달하지 못한 문장

뭐 쓰지?

글감을 찾다 보면, 우연히 한 곳으로 수렴하는 몇 개의 키워드를 발견할 때가 있습니다. 매우 반가운 순간이죠. 전하고자 하는 내용에 무리 없이 힘이 실을 수 있습니다. 그런데 글감 대부분은 그렇게 얻어지지 않습니다. 공통점이라곤 찾을 수 없는 곳에서 흩어진 것들을 모으고 끈질기게 묻거나 집요하게 바라볼 때 겨우 찾아지던 것이었으니까요.

글이 잘 안 써지면 책을 펼칩니다. 꼭 필요했던 물건이 있었는데 무심코 켠 쇼핑 앱 첫 화면에 딱 그 물건이 나타나는 순간이 있잖아요. 내 마음을 들킨 것 같아서 소름이 돋죠. 책도 그럴 때가 있습니다. 내가 찾던 단어, 말하고 싶던 문장이 이미 그 안에 빼곡할 때가 있습니다. 역시 읽어야 쓸 수 있습니다. 먹어야 말도 하고 학교에 가듯 말입니다. "밥 먹어!" 하던 엄마의 채근은 알고 보면 우주 불변의 진리를 담고 있었습니다. 입력과 출력의 상관관계 말입니다.

　가끔 이런 일이 있습니다. 책을 읽다 문득 떠오른 글감에 마음이 조급해지는 일이요. 손은 책장을 넘기고 있어도 마음은 생각의 꼬리를 놓칠까 불안해집니다. 미처 붙잡지 못한다면 아마도 나는 무엇을 떠올렸는지 잊어버린 노파처럼 초조해질 거예요.

　그래서 책을 덮고 글을 쓰려고 하면, 이번엔 읽던 책의 다음 장이 궁금해져서 마음이 들썩입니다. 책의 남은 페이지를 생각하면 설레기도 하지만, 동시에 백지 위에 펼쳐질 글도 기다려지는 겁니다.

　'일단 다 읽자. 그리고 마음껏 쓰자.'

　그러나 막상 쓰려하면 글은 마음처럼 쉽게 흘러나오지 않습니다. 머릿속을 맴돌기만 하고 손끝까지 오지 못한 채 자꾸 멈춰 섭니다. 막 외국어를 배우기 시작한 사람처럼 단어 하나 문장 하나를 꺼내는 데에도 자꾸 머뭇거립니다.

　이 표현이 맞는 걸까?

　이 단어가 최선일까?

"오늘 뭐 했어?"

친구의 문자에 이런 사정을 다 말하기는 좀 곤란합니다. 가장 평범한 말을 골라 답을 합니다. "그냥 이것저것 하다가 하루가 다 갔어. 좀 복잡한 생각도 많았고, 뭐 하나 제대로 설명하기도 어렵네. 정신없이 보내긴 했는데 막상 뭘 했는지는 나도 잘 모르겠어."

뭐 쓰지? 하던 질문은 나를 습관처럼 곰곰한 상태로 데려갑니다. 쓰려고 생각하다가, 생각하면서 쓰는 나를 발견합니다. 이르지 못할 무한의 경지를 바라보며 아무것도 남지 않을 질문을 계속 이어 갑니다. 어떤 날은 주제나 소재를 찾으려 애쓰지 않고, 뭘 쓰는지도 모른 채 손이 움직이는 대로 마음을 놓아주기도 합니다. 손에 이끌려 나는 내가 모르는 깊은 곳까지 들어와 있습니다. 글쓰기란 내면의 가장 깊은 곳에서 보물을 찾아 돌아오는 일이라 했던가요. 이 캄캄한 침묵 끝에서 한 줄기 빛 같은 문장을 붙잡아 오늘의 도약을 다짐합니다. 아직 도달하지 못한 문장, 한 번도 건드려지지 않은 마음, 아직 열리지 않은 세계를 향해서요.

　몇 장을 더 읽습니다. 더 씁니다. 무엇을 읽으니 무엇을 쓸 수 있습니다. 무엇도 읽지 않고는 무엇도 쓰지 못합니다. 깊은 밤, 나를 살린 문장을 읽고 나를 살릴 문장을 씁니다.

　그래서일까요. 말수가 줄었습니다. 나의 반 토막 난 말 수를 보며 오래 알던 이들이 갸웃합니다.

　"무슨 일 있어? 요즘 왜 이리 조용해?"

　말이 잦아들고 주변의 소리가 내려앉으면 나는 다시 매혹의 찰나에 붙들립니다. 매혹은 언제나 예상치 못하게 찾아옵니다. 그 지점은 지극히 개인의 영역이라 그 순간을 공유하지 않은 이들에게 설명하는 일은 마치 불가능한 일처럼 고단하게 느껴집니다. 자주 매혹당하는 사람일수록 더 조용하고 느릿해지는 듯합니다. 자연스레 비밀도 많아지는 것 같고요. 말로 담기 어려운 감정을 글이 품어 줍니다. 순간을 스치는 말보다 순간을 붙잡아 오래 간직할 수 있는 글이 좋습니다. 조용히 매혹되고 천천히 이해시켜 써 내려간 그 매혹의 지점이 누군가의 마음에 닿아 그 사람의 마음에도 같은 질문 하나 피워 낼 수 있다면 좋겠습니다.

　나도… 뭐 쓰지?

완벽하지 않아도 완전한 삶이야

개 한 마리를 보았습니다. 사람이 그리운지, 아니면 사람이 주는 먹을거리가 아쉬운지, 개는 공원 화장실 근처에 종일 서성였습니다. 바지춤을 움켜잡고 뛰어 들어가는 사람을 보고 흠칫 놀라 뒷걸음치는 누런 개. 보통 크기의 보통 외모를 하고 마을이나 시장통에서 어슬렁거리는, 우리가 한 번쯤 본 적 있는 누렁이입니다. 굶은 날이 오래인지 얼굴은 각이 지고 눈 주위는 푹 꺼져 있습니다. 도드라진 눈동자가 유난히 크고 까맣습니다. 그 눈동자가 눈에 자꾸 밟혀 나는 발걸음을 떼지 못하고 이 글을 씁니다.

배경에는 달달거리는 기계음이 몇 달째 끊이지 않습니다. 공사 기간을 훌쩍 넘긴 공원 보강 공사가 계속 늘어지고 있습니다. 각종 건설 장비가 드나들고 있지만 진전도 없이 주위만 어수선합니다. 함몰되어 울퉁불퉁해진 지면 위로 트럭이 드나들고 자재가 들어옵니다. 포클레인은 한때 건물의 지축이었을 콘크리트 덩어리를 아슬아슬하게 떠서 트럭에 담고 있습니다. 건더기 크기가 제각각이라 한 국자에 뜨기 어려운 라면처럼 떠올린 한 손에는 떨어지는 게 더 많습니다. 물 먼지와 쿵 소리만 요란합니다.

또 한 번의 쿵 소리.

누렁이가 놀라 달아납니다. 개의 심장이 살가죽 위로 펄떡입니다. 나는 아까부터 누렁이에게 눈을 박아두고 있습니다. 누렁이가 움직이면 내 몸도 함께 돌아갔지요. 사라졌다가 나타나면, 걱정했다가 반가워했습니다. 몸을 낮춰 가까이 오라는 신호를 보냈습니다. 누렁이가 다가옵니다. 휘적휘적. 눈에 또렷하게 들어오는 누렁이는 한쪽 발을 접고 있었습니다.

세 발의 존재는 배회했습니다. 숨을 쉬는 동시에 냄새도 맡으며 영역 정보를 뇌로 바삐 전달하고 있었습니다. 근처에 걱을 것이 있는지, 음식이 있다면 먹어도 좋은지, 똥은 먹지 않는다는 굳건한 자존심을 지키며 탐색을 이어 갔지요. 영양이 절실해 보였습니다. 바닥까지 처진 헐렁한 젖이 그걸 말해 주고 있었습니다.

그러다 개는 인부들이 먹고 버린 도시락 더미를 발견합니다. 순간 눈동자에 불꽃이 솟구칩니다. 헐레벌떡 달려가 주둥이부터 파고듭니다.

'많이 먹어라. 많이 먹어라.'

> 우리의 발목을 잡는 것은 신체가 아니다. 신체적인 한계를 믿는 사고방식이다.
>
> — 엘렌 랭어, 『늙는다는 착각』

누렁이는 차갑고 딱딱한 길을 날듯이 걸었습니다. 아픈 다리를 핑계 삼아 느리게 걷지도, 아무렇지 않은 척 빠르게 걷지도 않았지요. 세 발을 한계로 보지 않으니 아픈 발에도 별 의미가 없습니다. 모양새가 위태하여 보는 이의 마음은 조마조마하지만 정작 개의 발걸음에는 일정한 박자감마저 있었습니다. 짝을 잃은 외마디 발소리와 남은 두 발의 소리가 비대칭의 화음을 만듭니다. 소리와 소리 사이엔 발을 딛지 못한 공백이 힘을 보충하는 쉼표가 되어 끼어들지요. 정박이 어긋난 자리에 리드미컬한 엇박의 춤이 시작됩니다. 불완전 속에서 완전을 만들어 내는 리듬, 결핍을 밀어내는 대신 끌어안는 태도, 그건 삶을 견디는 춤이었습니다. 그 춤의 감상에 취해, 누렁이가 멀리 점이 되어 사라질 때까지 나는 눈을 뗄 수 없었습니다.

우리는 가끔 자신에게 너무 높은 기준을 세우고 있는지도 모릅니다. 완벽해야 한다는 생각, 남들 눈에 이상해 보이면 안 된다는 걱정은 우리 안의 어떤 힘을 꺼 버리기도 합니다. 정박처럼 딱 맞아떨어지는 음악만이 좋은 음악은 아니에요. 엇박에서 나오는 묘한 어긋남, 예상치 못한 경쾌함이 오히려 살아 있는 느낌을 줄 때가 있습니다.

꽉 찬 순간을 기다리기보다 지금 내가 낼 수 있는 소리에 집중해 보려고 합니다. 그게 남들 눈엔 좀 특이해 보일 수 있을 거예요. 누군가는 흑역사를 만들지 말라며 내게 걱정스러운 조언을 할지도 모릅니다. 그러나 내가 나를 믿고 묵묵히 걸어갈 수 있다면 그것으로 충분하지 않을까 합니다. 숲을 헤치고 나아가는 걸음이 비록 느리고 어설퍼도 그 안엔 분명히 나만의 리듬과 속도가 있을 거니까요.

나를 평가하는 날카로운 시선 대신 막 사랑에 빠진 사람처럼, 새끼를 품은 어미처럼 따뜻하고 깊은 신뢰의 눈으로 나를 바라보려 합니다. 문제는 불완전함 자체가 아니었습니다.
진짜 문제는 그것을 받아들이지 못하는 태도에 있었습니다.

　꼭 완벽해야 할까?
　빈틈이 없어야만 좋은 나일까?

　거울에 비친 내 눈빛은 최근 본 어떤 모습보다 의지에 차
고 당당하게 빛나고 있습니다.

그냥 쓰기나 하십시오

밥상머리에서 숟가락보다 먼저 부딪힌 건 우리의 기분이었습니다.

"아침부터 왜 이래!"

전쟁 신호탄이 터졌고 아이는 고집스럽게 밥알을 젓가락 끝으로 세고 있었지요. 이유는 분명했어요. 젓가락이 갈만한 반찬이 없다는 것. 푸성귀뿐인 식탁 위 배열에 흥미가 없어진 것입니다. 만인의 반찬 투정을 받아 내는 학교 영양사님의 고달픔이 문득 이해되더군요. 아이들 입맛에 맞추려니 선생님 입에서 투정이 나오고, 선생님 입맛을 맞추려니 아이들이 취나물, 더덕 같은 어른 반찬을 먹으려 들지 않습니다. 모두가 맛있게 먹을 수 있는 식단의 정성과 애씀이 이제야 감사하게 느껴집니다.

투정은 브런치(글쓰기 플랫폼)에도 있었습니다. 응원하고 공감하는 분위기가 대부분이지만, 줄어든 구독자 수를 보았을 때는 그 이유가 좀 듣고 싶어집니다. 독자에게 잘 읽히는 글을 쓰는 것 또한 나의 간절한 바람이기에 허투루 넘길 수는 없지요. 그들의 취향을 다 알 순 없어도 거리는 좁혀가고 싶어요. 정답이 무엇인지는 몰라도 끊임없이 시도하는 것 자체가 중요하다고 믿으니까요.

요 며칠, 구독자 수가 또 줄었습니다. 원고 작업을 하느라 자주 들여다보지 못한 것인데, 게으른 작가라 여기고 떠나간 것은 아닌지 마음이 쓰입니다. 쌩한 바람이 차갑습니다. 구독자 수에 크게 연연하는 건 아닙니다(라고 말하고 싶어요). 나는 멈춘 것이 아니라 나만의 속도로 쓰고 있을 뿐이니까요. 구독자 수는 줄었다가 다시 채워지기도, 그러다 기세가 좋으면 넘쳐나기도 합니다. 작가는 쓰고 독자는 읽죠. 작가는 때로 멈추고 독자는 때로 떠나요. 그것을 받아들이는 일이 먼저일 겁니다.

어쩌면 당신은 구독자를 모으는 방법을 기대하고 이 글을 읽는지도 모르겠습니다. 독자가 좋아하는 글쓰기 방법이 있는지 알고자 할 수도 있겠습니다. 하지만 난 그렇게 할 수 없습니다. 그런 기대는 영원히 알 수 없고 맞출 수 없으니까요. 게다가 진정한 내 글로 거듭나기를 가로막기도 합니다.

　작가는 독자가 내게 자신감을 주고 나를 굳건하게 붙잡아 주길 원합니다. 독자가 만일 내 손을 놓고 떠난다면 작가는 내 글이 고장 나 있다고 여길 수도 있겠지요. 그러나 한 가지 알아야 할 것이 있습니다. 작가의 길을 가기로 한 이상, 혼자 걸어야 한다는 사실을요. 글은 내 시선으로 쓰되 내게 동조하지 않는 이는 보내 줄 수도 있어야 합니다. 그건 다른 말로, 철저히 혼자 남게 될 수도 있다는 이야기도 됩니다. 그럼 어떻게 하란 말인가요. 가만히 혼자 되란 말인가요.

　그냥 쓰기나 하십시오.

　이건 제 말이기도 하지만 모든 작가의 말이기도 합니다. 구독자는 목적이 되어서는 안 되기 때문이죠. 출간도 구독자도 인기도 결국은 쓰기를 이어 가는 동력일 때 의미가 있습니다. 이루고 싶은 것이 무어냐 묻는다면 그건 다시 출간도 구독자를 늘리는 일도 인기를 얻는 것도 아닙니다. 쓰고 싶어서 쓰는 것뿐이니까요. 뭘 이룰지 고민하기보다 그걸 이루는 과정에서 혼자 감당하는 일을 배우는 것입니다. 이루고 싶은 일을 위해 무엇이 약이 되고 독이 되는지를 가르고 감행할 만한 이유를 찾으면 되는 것입니다. 구독자는 많으면 더 열심히 하기 위한 동력으로, 적다면 더욱 노력할 이유로 삼으면 되는 것입니다.

　식단 고민은 식구들과의 소통으로 해결된다면 작가는 독자와의 만남을 통해 소통할 수 있습니다. 그 만남은 때로는 댓글 하나, 좋아요 하나로 시작되기도 하지요. 아주 작은 반응이지만, 그 안에는 누군가 내 글을 읽고 있다는 증거가 담겨 있습니다. 그 증거는 작가에게 말할 수 없는 위로가 되고 다시 써 내려갈 용기를 줍니다. 그래서 상상합니다. 내가 모르는 누군가가 내가 쓴 문장을 읽고 있는 장면을요.

　무심코 들른 서점에 내 책을 보고 있는 누군가의 모습을 그립니다. 그런 행운, 그런 복을 상상하면 벌써 가슴이 뻐근해집니다. 글에 공감하여 고개까지 끄덕이고 있다면, 마음에 드는 문구에 밑줄을 긋고 싶어 안절부절못한다면 나는 정말 좋아할 것 같습니다. 아마 아무도 없는 곳으로 달려가 입을 틀어막고 펄쩍펄쩍 뛸지도 모르겠습니다.

　상상은 다시 나를 책상 앞에 앉힙니다. 나의 문장이 누군가의 마음에 닿을지도 모른다는 믿음 하나로, 펄쩍 뛰고 싶은 기쁨을 눌러 담고 조용히 다음 문장을 이어 갑니다. 그렇게 오늘도 씁니다. 혼자서. 그러나 결코 혼자인 적 없는 마음으로.

좋은 눈은 어디에서 살 수 있나요

내가 글을 시작하는 방식에는 두 가지가 있습니다. 글감이 떠올라 쓰는 경우와 글을 쓰려고 앉았더니 글감이 뒤따라오는 경우. 쓸만한 건 다 썼고, 멋진 것들은 누군가 이미 써 버려서 더는 쓸 게 없다고 생각하면 정말 아무것도 쓸 수 없게 됩니다. 깊다고 생각한 쌀독도 자꾸 퍼내니 금세 바닥이 드러납니다. 특별한 글감은 찾고자 할수록 기를 쓰고 숨는 것 같아요. 그동안 무엇을 썼는지조차 가물가물한데 앞으로 무엇을 쓸지 알 수 없어 무기력한 상태가 연일 이어지고 있습니다.

하지만 그보다 앞선 문제가 있습니다. 제압했다고 믿었지만 머지않아 틈을 타고 모습을 드러내는 끈질긴 질문. 글을 쓰겠다고, 작가가 되겠다고 결심했지만 이렇게 평범한 내가 과연 글을 쓸 수 있을까, 작가라 할 만한 삶을 이어 갈 수 있을까.

어떨 때는 차라리 내게 엄청난 횡재나 고난이 닥쳤으면 합니다. 이를테면 로또에 여러 번 당첨된 뒤 계속 당첨이 이어진다거나 하는 말도 안 되는 일 말이지요. 혹은 무인도에서 살아본 경험이라든지, 누구도 겪어보지 못했을 법한 일이 내게 일어나기를 바라기도 합니다. 그러면 무엇을 써도 재미있을 것이고 누구에게든 흥미롭게 읽히겠지요. 그럴 때야 비로소 나는 의심을 버릴 수 있을 것입니다.

손아! 제발 움직여 봐.

벌떡 일어나 숨을 고릅니다. 이대로 버텨 봤자 별도리가 없다는 걸 익히 아는듯한 빠른 속도였습니다. 먼저 창문을 활짝 열어젖힙니다. 틈새마다 의뭉스럽게 들어앉은 묵은 먼지를 털어내고 숨겨진 구석구석을 정리합니다. 그러다 오래전 사진 뭉치라도 발견하면 바닥에 앉아 한참을 넘겨 봅니다.

'이 집에서 좋은 일도 참 많았구나.'

배경에 묵묵하게 남아 있는 가구와 전자 제품들이 오늘따라 유독 눈길을 끕니다. 손때 묻은 식탁, 지금은 구식이 된 노트북, 그때의 날짜를 조용히 알려 주고 있는 달력까지, 오래 잊고 지낸 생활 공유자들의 감춰진 표정을 상상해 보는 중입니다.

인제 보니 박연준 시인도 자신의 책에 이런 말을 한 적이 있어요.

좋은 눈은 어디에서도 팔지 않아요. 관찰과 상상, 이 두 가지가 힌트입니다.

이 순간 좋은 눈이 내게 다가왔음을 본능으로 알아챕니다. 얼른 좌우를 살펴 지금 내 배경의 사물들을 좋은 눈으로 바라보려 합니다. 밤새 주인을 곤히 재운 이불이 화창한 햇살 아래 일광욕하는 모습이라든지, 깜빡하고 플러그를 뽑지 않은 전기다리미가 펄펄 열을 내며 급수를 호소하는 장면이라든지, 비가 오지 않아 오랫동안 바깥 구경을 못 한 장화의 우울한 넋두리 같은 것들을요. 이런 순간이 무척 반갑습니다. 그렇게 상상은 무엇으로도 빙의할 수 있는 세계로 나를 이끕니다.

무심한 시선에 무심코 글감이 포착될 때가 있습니다. 외출 준비로 분주한 시간에 발생한 실수가 글감의 후보가 된 일도 상당히 의외였지요. 시간에 쫓겨 머리를 감다가 아무 생각 없이 펌프를 눌러 머리에 문질렀습니다. 평소보다 차분한 거품에 깜짝 놀랐는데 알고 보니 샴푸가 아닌 변기 세정제였어요. 내 나이를 고려해서 머리를 스스로 감은 날을 꼽아 보니 수천 번은 족히 되는 경험이더군요. 이런 일 하나도 제대로 못 하나, 이게 뭐라고 바쁜 시간을 허비했나, 생각하니 짜증이 밀려왔습니다. 마음이 들뜨면 실수를 저질러 버리는 나란 사람을 돌아봅니다. 하나에 정신을 쏟느라 다른 하나는 놓치고 마는 그런 사람 말이에요. 서두르며 한 일이 종국엔 도움도 되지 않고 더욱 돌아가게 만든 기억은 이전에도 많았습니다. 완벽해지고 싶은 욕심은 가득한데, 절대로 완벽해질 수 없는 존재. 그게 바로 나라는 사람입니다.

글은 나로부터 시작하는 것입니다. 무슨 특별한 사건이 터져야만 쓸 수 있는 특종 기사 같은 것이 아니었어요. 나는 내 이야기 안에서 비로소 특별해질 수 있습니다. 사람은 누구나 평범합니다. 번지르르한 누군가도 나처럼 하루 세 끼 먹는 평범한 사람일 뿐이에요. 그러나 그들의 삶이 특별해 보이는 이유는 내 삶과 그들의 삶이 다르기 때문입니다. 남의 비위를 맞추고 남들이 어떻게 생각할지를 고민할 필요가 전혀 없습니다. 그저 내 삶을 관통하는 나만의 진솔한 이야기를 내어놓으면 됩니다. 나와 같은 삶은 산 사람은 나뿐이니까 삶은 평범할지라도 글은 특별해지는 거지요.

글감, 즉 글의 소재는 쓸수록 없어지는 것이 아니었습니다. 그건 내가 발견하는 족족 돋아나는 것이었어요. 특별한 소재를 찾아 헤맬 일이 아니라 주변을 특별하게 보는 시선이 먼저였다는 걸 배우고 있습니다. 글감을 어디서 얻을까? 하는 질문에 '붙잡아 쓴다'라고 답합니다. 주제는 '무조건 쓰는 정신' 속에 있습니다. 엉망진창인 순간조차 받아 적을 준비가 되었습니다. 잘 쓰는 것은 그다음 일로 해두고 우선 써 보겠습니다. 지독한 글감 가뭄이 끝납니다. 쏟아지는 단비에 환호라도 질러야 할 것 같습니다.

연습 말고 다른 길

글쓰기의 세계에는 '연습 외엔 왕도가 없다'라는 말이 있습니다. 헌법처럼 통용되는 문구지요. 하지만 나는 이 말이 듣기 싫었습니다. 연습 말고 다른 길은 없을까? 천재 작가로 태어난다든가, 타고난 언어 감각 덕에 굳이 노력할 필요가 없다든가 등등.

연습 외의 방법을 찾아보기로 했습니다.

메모장을 자주 엽니다. 글을 쓰려는 게 아니에요. 제목만 툭 적어 두기 위해서죠. 머릿속 혼잡한 실뭉치에서 뽑아낸 굵은 한 줄. 제목이 정해지면 아래 공간은 무언의 도전장이 됩니다. 그 도전에 응하며 틈틈이 토막글을 씁니다. 완성하지 못한 짧은 문단들입니다. 한두 문장으로 끝난 것도 있고 어디로 가야 할지 몰라 멈춘 것도 있습니다. 각각의 조각이

고이면 어쩌다 하나의 형체를 이루기도 하고, 흩어져서 다른 글이 되기도 해요. 연습이 아니라고 생각했습니다. 완성을 포기한 자유로운 글쓰기라고 믿었지요.

　미술관에 간 날, 생각이 바뀌었습니다. 이중섭과 박수근 화백의 전시였어요. 연습장에 남겨진 습작들이 벽을 가득 메우고 있었습니다. 대작을 앞두고 연구하고 고뇌한 흔적들이었습니다. 연필이 지나간 움푹한 자국, 지우개질로 살갗이 벗겨진 도화지, 번진 잉크를 개의치 않은 털털함. 가장 인상 깊었던 건 습작에도 제목이 붙어있다는 것이었습니다.

　습작은 완성작의 그림자가 아니었습니다. 하나의 특별한 작품이었지요. 완성작의 우아하고 잔잔한 숨소리와 달리 습작에는 생동하는 움직임과 거친 호흡이 있었습니다. 상상했습니다. 지그시 감은 눈 사이로 고민이 고인 미간, 원석을 굴리며 가장 보기 좋은 각도를 계산하던 시간, 그리고 섬세한 손끝에서 피어나는 연기 같은 것들을요. 그들도 완성작만 그린 게 아니었습니다. 수없이 그리고 또 그렸습니다. 습작이 고여 대작이 되었고 대작은 다시 습작을 작품으로 만들었습니다.

　내가 모은 토막글과 제목만 적힌 메모장도 다 습작이었습니다. 완성을 피한 게 아니라 완성을 향해 가는 과정이었습니다. 잘하려는 마음은 종종 해가 됩니다. 최선의 모습을 보이려 할수록 평소보다 더 못난 모습을 보이게 되지요. 그래서 나는 좀 못해도 괜찮다는 마음을 배우고 있어요. 완벽하지 않기에 용기 내어 적을 수 있고 오히려 쉽게 적을 수도 있으니까요.

　실력보다 실행력이 필요한 이유가 여기에 있습니다. 그건 한 번 더 실행하면 실력에 이를 수 있다는 믿음이죠. 완성작과 습작이 공존하는 미술관 벽에서 나는 하늘과 맞닿은 우듬지의 끝과 이제 막 피어난 여린 새순을 동시에 보았습니다.

　돌아왔습니다. '연습 외엔 왕도가 없다'라는 말로요.

　지름길을 찾으려 했지만, 시도 자체가 연습이었습니다. 완성하지 못한 문장들을 끌어안고 있는 것 또한 모두 연습이었어요. 흥미로운 것은, 연습을 거부하던 사람이 결국 가장 많은 연습을 하게 된다는 사실입니다. 화가들의 습작도 그렇게 쌓였을 것입니다. 완성작을 내놓아야 한다는 부담감에 무수히 습작을 그렸을 테고, 그것이 곧 수련이 된 것이지요.

연습 말고 다른 길은 없을까?

이 질문의 답은 아이러니하게도 '없다' 입니다. 하지만 위
로가 되는 것은 그 연습 과정 자체가 이미 작품이라는 겁니
다. 습작도 가치 있고 토막글도 의미 있습니다. 왕도를 깨려
는 사람은 왕국을 떠나는 법입니다. 나는 왕국을 떠나려다가
다시 그 안에 머물게 됐습니다. 그러나 이젠 연습을 하지 않
습니다. 완성을 할 뿐이지요.

우리 엄마 저자야

　　누구와도 만나지 않는 날이 누구라도 만나는 날보다 많습니다. 저녁 식탁에 둘러앉은 가족이 오늘 처음 마주하는 사람일 때도 부지기수지요. 주방에선 찌개가 채 끓기도 전인데 식사는 이미 시작되었습니다. 바글바글 끓어오른 냄비를 들고 서둘러 합류했지만, 곧 혼자만의 밥상이 되고 맙니다. 제대로 된 대화 한 마디 나누지 못했는데 반쯤 드러난 생선 가시와 양파만 남은 고기볶음만이 앞에 있습니다. 고개는 아래로 떨어지고 등은 둥글게 말립니다. 꼭꼭 씹기보다 물로 급히 삼켜 버린 저녁이었습니다.

　　"갯바위에서 낚시를 한번 해 볼까. 테트라포드 위에선 위험해. 안 돼."

　　무의식에 떠돌던 생각이 불쑥 입 밖으로 튀어나옵니다. 물을 마시러 나온 아이는 염불을 외는듯한 엄마의 중얼거림을 듣고 묻습니다. "엄마 무슨 말 해?" 나는 그제야 내가 말하고 있었다는 것을 알게 됩니다. 친정엄마도 그랬고, 길가의 엄마뻘 행인도 그랬듯, 여자는 나이가 들수록 혼자 하는 대화에 익숙해지나 봅니다.

오늘 바다를 보고 왔습니다. 바다 이야기를 밥상에서 꺼내고 싶었고, 그럴 아량으로 핸드폰에 이미지를 가득 담아오기도 했던 것인데요.

그날, 나는 글을 쓰기로 마음먹었습니다.

나를 안다고 생각하는 곁의 당신에게 조금 더 정확히 나를 코여 주고 싶은 생각이 들어서요. 훗날, 나이가 들어 하찮은 이유로 고집을 부리더라도 본래 나는 그런 사람이 아니었음을 증명하고 싶어서이기도 합니다. 이것은 어쩌면 당신이 나를 더 잘 이해하도록 돕기 위한 나의 배려일 수도 있습니다. 혹은, 내가 당신에게 궁금한 존재로 남기를 바라는 은밀한 바람일 수도 있겠지요. 더불어 '나는 누구인가'라는 질문에 명확히 답하고 싶은 갈망일 수도 있겠습니다. 백지에 기록된 것들은 시간이 흘러 기억이 희미해져도 확실한 흔적으로 남

을 것입니다. 그리고 당신은 그것들을 통해 나를 기억하며
안도할 수 있겠지요. 당신의 귀를 내 앞으로 가져오는 대신
내가 글이 되어 조용히 다가가려 합니다. 말로 전할 수 없던
마음들을 한 자 한 자에 담아 종이 위에서 나를 만나도록요.
그렇게 나는 글이 되어 당신에게 머물고 싶습니다.

   식탁에 앉아 오늘을 복기합니다. 타이밍이 지난 대화나 사
소한 실수들, 그리고 놓쳤던 감정들을 하나씩 떠올리며 조용
히 적어 내려가고 있습니다. 딸아이가 다가와 마치 내 움직
임을 관찰이라도 하듯 옆에 머뭅니다. 그러다 이내 입을 열
었어요.
   "ㅇㅇ엄마는 은행가이고, ㅇㅇ 엄마는 심리 상담가야."
   딸아이가 던진 첫마디가 단순히 또래 친구들에 관한 이야
기인 줄로만 알았습니다. 그래서 자연스럽게 응수하려던 찰
나 아이는 말을 이어 갔습니다.
   "나는 걔들한테 우리 엄마는 작가라고 말하고 싶었는
데……"
   그 말을 들으며 지금 하는 이 복기와 기록이 과연 작가라
는 정체성과 연결될 수 있을까 잠시 생각했습니다. 그런데

딸아이는 내 생각을 뚫고 들어오며 말했어요.

"작가라는 단어가 순간 생각이 안 나는 거야! 그래서 대신……"

"그래서 뭐랬는데?" 궁금함을 참지 못하고 내가 물었습니다.

"우리 엄마 저자야!"

우리는 웃음을 터뜨렸어요. 딸아이가 발음하던 '저자'라는 단어가 꽤 진지했습니다. 귀엽고 순수하게 들렸지만 어떤 이유인지 내 마음은 일렁였지요. 아이에게 나는 그냥 엄마이기코다 어떤 이야기를 쓰는 사람으로 비쳤다는 사실이 조금이나마 위로가 되기도 했습니다.

그날, 나는 비로소 책을 쓰기로 마음먹었습니다.

우연히 다가온 단어에 사명감을 느끼고, 그 무게에 책임마저 느낀다면 그것은 분명 시작의 신호일 것입니다. 이제 나는 더 이상 누구에게도 나의 하루를 궁금해해 달라고 보채지 않아도 됩니다. 나의 오늘을 가장 깊게 들여다볼 첫 번째 독자인 나와, 이 글을 통해 만날 두 번째 독자인 당신이 이미 여기 함께하고 있으니까요.

그리운 모국어

신발 주의. 주인장 책임 없음.

사각 매직으로 무뚝뚝하게 적어 낸 글씨가 식당 입구에 붙어 있습니다. 따뜻한 환대를 기대한 나는 차가운 인사를 만나 어딘가 어긋난 듯했지요. 이 세상 어디에도 내 자리를 온전히 보장해 줄 곳은 없으니 알아서 살아남으라는 비정한 환영사 같았습니다. 마침, 새 신발을 신고 온 나는 조바심할 수밖에 없었습니다. 신발장에 신발을 넣는다는 것은 분실 가능성을 감수하겠다는 묵시적 동의라고 이해했으니까요. 키보다 높은 곳에 간신히 신발을 넣어 두면서 나보다 키 큰 도둑이 없기를 바랄 뿐이었습니다. 그건 타지에서 내 몫의 삶을 도둑맞지 않으려 애쓰는 평소의 긴장감과 닮아 있었습니다.

"외국에서 오셨다면서요?"

음식이 익기를 기다리고 있던 나는 주인장의 물음에 당황했습니다. 대관절 이 질문의 진의가 무엇인지 궁금했습니다. 어떻게 알았을까, 아니 무엇이 나를 이곳 사람이 아니게 만들었을까. 눈앞엔 허연 칼국수가 끓고 있었습니다.

타향에 깊이 속하지 못하고 간신히 버티며 지내다가 간간이 고향에 돌아오는 나.

나는 전생에 나라를 구한 적이 없거니와 처지와 필요에 따라 돌아올 뿐인데 누군가는 내게 태도를 바꾸기도 합니다. 그의 굽신한 허리에 나는 우월감이라도 느껴야 하는 걸까.

이런 사람은 서울보다 지방 도시나 시골에 가까울수록 자즈 보였습니다. 사람들은 외국인에게 보일법한 낯선 시선과 묘한 거리감을 내게 종종 보이곤 했지요. 그것은 왠지 모를 흐기심과 조심스러움이 뒤섞인 태도일 때가 많았습니다.

고향에서 다시 상하이로 돌아오면 내 서투른 억양과 어색한 단어 조합에 고개를 갸웃하는 사람들을 마주합니다. 어디 사람이냐는 물음엔 나라를 대야 할지, 도시를 대야 할지 몰라 매번 멈칫합니다. 한국인이라고 답하면 뒤따라올 뻔한 질문에 지레 피곤해져서 가끔은 중국인이라 둘러대기도 합니다. 하지만 그럴 리 없다는 듯 되돌아오는 상대의 의심 가득한 눈빛을 보기라도 하면, 정체성이라는 것이 꼭 증명해야 하는 숙제처럼 느껴져 조금 지치고 맙니다. 결국 이실직고를 하고 다시 뻔한 질문들이 오갑니다. 서로 어려운 영어와 중국어로 구두시험을 치듯 대화를 주고받는 일은 일상이었습니다. 그러다 가까스로 소통이 일어나면 사람들은 내가 눈치로 맞춘 걸 완벽히 이해한다고 생각했습니다.

나는 왜 때때로 상실을 앓는가.
나는 어디에서 귀속감을 찾아야 할까.

온라인으로 주문한 해외 배송 책 꾸러미가 도착했습니다. 그 안에 배달된 모국어는 통관을 거치며 낯선 땅의 소란한 외국어에 기가 푹 눌려 있었습니다. 노란 테이프가 숨 쉴 틈도 없이 박스를 옥죄고 있었는지 군데군데엔 반항의 흔적이 역력했습니다. 자신을 꺼내 주기만을 기다려온 딱한 모국어는 테이프 틈을 파고드는 커터 칼 앞에서 인내심의 끝자락에 서 있었습니다. 박스를 박차고 나온 발길이 그 한계를 보여 주었지요. 어미의 품을 기다린 아이처럼 언어는 자석에 이끌

티듯 내게 파고들었습니다. 책이 스스로 이곳까지 먼 길을 와준 것 같은 감동이 입니다. 이국의 공기 안에 있음에도 이 순간만은 고향에 온 기분이에요. 낱장마다 녹아든 모국의 온기가 내 마음 깊은 균열을 가만히 어루만집니다. 작가의 말씨와 글체는 이 빠진 퍼즐 같은 나를 모국의 한 조각으로 채워 줍니다. 문장 속 감정들이 오랫동안 잊고 지낸 기억을 살살 흔들어 깨웁니다.

고백하건대, 타향살이가 길어질수록 나는 몸서리칠 만큼 모국어를 갈망합니다. 이해한 척 웃지 않아도, 귀찮게 되묻지 않아도 되는 나의 눈치 빠르고 가장 자연스러운 언어. 나는 모국어와 있을 때 진정한 나로 돌아갈 수 있습니다. 그 틀 안에서 생각은 활발해집니다. 덩달아 신이 난 기억력이 깊은 곳 편린들을 부지런히 띄워 올립니다. 잃어버렸다고 생각했던 것들이 깊숙한 곳에 여전히 살아 있어요. 때때로 굴러 나오는 헛소리마저 모국어의 침대 위에 신발을 벗고 편히 누울 스 있습니다. 뭐든 다 받아 주는 모국어입니다. 익숙해서 편안한 자리에 파묻혀 간섭없이 취하고 싶습니다.

음미하다가 옮겨 적어 둔 말들의 예쁜 이름을 또박또박 불러 봅니다. 언어는 음성을 타고 날아가다가 종이비행기처럼 고꾸라집니다. 맑고 고운 말들이 대상을 잃고 허공에 떠올랐다 사라지면 나는 좀 슬퍼집니다. 이내 부르기를 관두고 되늅니다. 그리고 흐트러질까 조심하며 종이 위로 호출합니다. 어디에도 속하지 못하던 나는, 활자가 드나든 바퀴 자국 안쪽으로 몸을 수그려 귀속합니다. 몇 줄의 문장을 쌓아 가며 존속할 자리를 찾고 있습니다.

서리 맞은 감을 서리하고 싶다

봄만큼이나 가을을 기다리는 이유는 지난봄의 자취를 찾고자 함입니다. 미색의 감꽃이 팝콘처럼 터져 은은한 향내를 뿜어내던 계절을 기억합니다. 꽃자리엔 그 후 작고 단단한 것이 생겨났을 것이고, 여름 내내 조금씩 빛깔을 키워 갔을 것입니다. 부쩍 선선해진 바람 끝을 잡고 찾아간 고향집에는 가지마다 주먹만 한 것들을 붉게 달고 있는 감나무가 나를 맞았습니다. 손끝으로 열매를 어루만지니 말랑하면서도 탄력이 느껴졌습니다. 무게감도 딱 알맞아 미각을 자극받은 침샘이 급하게 차올랐습니다. 꼭지를 따내고 쓱 벌리면 밀도 있는 속살의 맛과 씨앗을 둘러싼 씨방의 식감이 참 좋을 겁니다. 어떤 걸로 따서 먹어 볼까. 개중에 더 붉고 탐스러운 것을 찾고 있을 때였습니다. 게슴츠레 올라간 입꼬리를 단속하듯 익숙한 목소리가 들렸습니다.

"기다려. 서리 맞아야 해."

나만큼이나 애가 탄 이가 있었습니다. 자꾸 마당에 나와 한참을 서성이는 엄마도 나와 비슷한 마음이었나 봅니다. 조급할수록 우리는 서두르지 않는 법을 알아요. 기다리면 몇 배로 달콤해질 그 맛을 알기에 무슨 엄격한 법이라도 되는 양 올해도 지키고 있는 것입니다.

생명이 움트며 마주하는 첫 번째 시련. 일 년 중 18번째 절기, 상강霜降은 서리 상霜, 내릴 강降, 말 그대로 서리가 내리는 절기입니다. 농작물에 맺힌 이슬을 아름답게 일컫는 백로白露는 서늘한 가을바람이 부는 한로寒露를 지나 서리가 내리는 상강에 이릅니다. 이슬이 서리로 변하는 이 과정은 마치 하늘이 우리 인생에 그려 놓은, 혹은 그려 놓을 그래프와도 닮아 보입니다.

누구에게나 상강과 같은 시간은 찾아옵니다. 미리 알 수 있다면 그 시기를 대비할 수 있겠지만, 삶에는 그런 달력이 존재하지 않지요. 이미 그 시간을 지나온 이는 경험을 되새기며 회복을 꿈꿀 것이고, 아직 겪지 않은 이는 절기의 흐름처럼 자연스럽게 받아들여야 할 것입니다.

　범지구적 단절 시기와 암 투병이 교차했던 시기가 내 인생의 상강이었다면, 그 시간이 던진 의미를 되새기는 일은 지금의 몫으로 남아 있습니다.

　병원 침상 위로 여러 개의 링거 팩이 걸려 있었습니다. 여덟 개의 팩 중 네 번째 것이 몸속으로 흘러드는 중이었지요. 느릿하게, 때론 급하게 떨어지는 방울을 처음부터 끝까지 지켜보았습니다. 몸에 스며든 것은 비단 약물만이 아니었어요. 삶이 가장 본질적인 순간을 지날 때 나는 그 안에서 내가 끝내 붙들어야 할 것이 무엇인지 보았습니다. 절박함의 끝에서는 진정 중요한 가치만이 또렷하게 남기 마련입니다. 그것은 오직 '감사'였습니다. 감사가 왕이 되면 불만이나 두려움 같은 소소한 감정들은 바늘구멍만 한 틈도 타지 못합니다. 치료의 부작용도 더는 겁나지 않았습니다. 살 수만 있다면 그 어떤 고통도 기꺼이 견뎌 낼 수 있을 것 같았습니다. 나는 비로소 진정한 감사를 배웠습니다. 시도해 볼 치료법이 있다는 것, 곁을 지키는 가족이 있다는 것, 그리고 나를 위해 기도해 주는 이들이 있다는 것, 이 모든 것은 감사라는 단어 없이는 결코 설명될 수 없는 기적이었습니다.

같은 물질이 온도에 따라 이슬과 서리로 달리 불리는 것처럼, 해석도 방식에 따라 달라집니다. 어떤 시기는 지난한 고통의 기억으로 남기도 하고, 때로는 잘 아문 흔적이 되어 우리를 더 단단하게 만들기도 합니다. 우리가 마주하는 일들은 본질적으로 같아도 그것을 바라보는 마음이 의미를 결정합니다. 절망도 마찬가지예요. 눈앞의 현실을 상황 자체의 본질로 보지 않으려는 태도에 있습니다. 그래서 절망은 곧 해석입니다. 어떤 일이든 잘 들여다보면 기뻐할 만한 점은 꼭 있기 때문이에요. 찾는 데 오래 걸릴지라도, 찾으려 한다면 꼭 찾을 수 있습니다. 만족과 감사가 충만한 필터 너머 세상의 맛은 달지 않을 수 없습니다. 화낼 일이 이렇게 없었나? 싶어지면 세상이 하나같이 예뻐 보입니다. 본디 좋은 세상, 아름다운 세상을 무엇에 씌어 제대로 보지 못했나. 자문할수록 지난날이 사무치게 아깝습니다.

며칠 서리가 내린 덕에 도톰하던 감 껍질이 얇아졌습니다. 열매는 그간 더 무르익어 자갈돌을 주워 담은 호주머니처럼 되었어요. 모든 견딤이 과육의 풍미로 응축되어 있습니다. 잼처럼 진한 한 입이 정신을 깨울 만큼 녹진하고 묵직합니다. 얼마나 맛이 좋으면 남의 밭을 훔치는 일도 '서리한다'라고 했을까요. 엉뚱한 연결이라 해도 어쩔 수 없습니다. 맛있는 것을 먹는 사람은 어떤 식으로든 맛을 그려 내고 싶어지는 법이니까요.

서리를 껴안은 식물들이 하나같이 향이 진해지며 색도 짙어지고 있습니다. 견뎌 낸 존재들은 연약해질 때를 단단해지는 기회로 삼곤 했어요. 인생의 시련을 발판 삼아 업적을 남긴 위인처럼 완성의 길목은 모조리 그런 방식으로 열려 있습니다. 완성이란 결코 즉각적으로 주어지는 것이 아니지요.

나도 이 시간을 지나며 조금씩 완성되고 있다고 믿습니다. 언젠가 또 서리가 내린다 해도 어떠한 마음으로 직면할지 소중한 힌트를 얻었습니다. 답은 힌트에 가깝게 적어 내려가면 되겠지요. 그러면 다시 찾아오려던 두려움이 이내 달음질할 거예요. 그렇게 나는 다시 깊어지기를 반복할 겁니다.

머리 위에 일찌감치 서리가 내립니다.

서툴러도 계속 쓰는 용기

이동진 평론가의 말마따나 닥치는 대로 읽고 있습니다. 지금도 식탁 위엔 장르도 다양한 책들이 한데 모여 초면을 구면으로 만들고 있어요. 불과 얼음같이 공존하기 어려운 활자들이 번갈아 호출되면, 나는 본의 아니게 온탕과 냉탕을 넘나듭니다. 휴머노이드와 인간이 공존하는 삶을 그린 소설과 고전 철학서가 나란히 놓인 풍경 속에서 서로 다른 언어들이 섞이고 부딪히면서 매번 새로운 온도를 경험하게 됩니다.

읽는 것을 무척 좋아합니다. 편독하지 않기에 다양한 활자에 너그럽게 마음을 열지요. 책 속에는 타인의 생각, 낯선 지식, 경험하지 못한 이야기들이 가득합니다. 읽는 데 특별한 장벽은 없습니다. 책이 없어서 읽지 못한 적도 없고, 설령 그런 상황이 오더라도 읽고자 하는 마음을 막을 방법은 없을 것입니다. 읽겠다는 의지만 있다면 세상은 넘쳐나는 페이지로 응답하니까요. 그저 페이지를 넘기고 문장을 받아들일지 결정하면 됩니다.

읽기는 이미 차려진 밥상을 가져와 먹는 것과 같아요. 이미 만들어진 문장과 단어들 사이를 누비며 곱씹고 삼키면 됩니다. 책을 읽을 때 나는 작가가 다듬어 둔 행간과 매끈한 문맥 사이를 미끄러지기도 하고, 일부러 심어 놓은 돌부리에 넘어져 보기도 합니다. 저자가 숨겨 둔 의미를 이해하고 흡수해 보려는 시도예요. 때론 그것이 이해할 수 없는 것이라 하더라도 나중 언젠가 수렴되고 말 것이라 믿어 보는 편입니다.

한편, 닥치는 대로 쓰는 건 좀처럼 쉽지 않습니다. 읽을 때는 하지 않던 일을 쓸 때는 하게 되니까요. 자꾸 미지의 '누구'를 의식하게 되거든요. 누구를 만족시키고 싶어 숨겨 둔 예쁜 말도 끄집어냅니다. 그러나 이내 성에 안 차 지워 버리기도 하지요. 다른 이의 글을 읽을 땐 넉넉했던 마음이 글쓰기 앞에서 한없이 까다로워집니다. 닥치는 대로 읽던 편안함으로 닥치는 대로 쓸 순 없을까요. 아무거나 읽듯이 아무거나 쓸 수 있다면 고민은 멈출 수 있을 텐데요. 뭘 써야 할지 모르는 채 그저 쓰는 행위 자체에 집중하면 가능해질까요.

　머리가 무겁습니다. 머리는 정지하면 무거워집니다. 맨발에 슬리퍼를 끼워 신고 현관문을 나섭니다. 종일 내리던 비로 집 공기는 눅눅했는데 바깥 공기는 말갛게 씻겨 있었네요. 콧등이 시릴 만큼 깊은 들숨에 한 아이의 맑은 웃음소리가 바람을 타고 옵니다. 무슨 재미난 일이라도 있나. 소리를 찾아간 곳에 배드민턴 라켓을 든 아이와 할머니가 있습니다.
　아이는 번번이 서브미스를 냈습니다. 떨어진 공을 주우며 비장한 표정으로 공을 쳤지만, 셔틀콕은 단 한 번도 출발한 적이 없었지요. 공을 치는 건지, 허공과 싸우는 건지 모르겠으나 아이의 라켓은 아이의 표정만큼이나 가벼워 보였습니다. 아이는 재밌어 죽겠다는 표정이었어요. 이건 처음부터 게임이 아닌 서브 연습이었던 것 같습니다. 할머니는 서브에 대응할 자세조차 취하지 않았으니까요. 흐뭇한 미소로 바라볼 뿐이었어요. 벤치에 관중으로 앉아 있던 할아버지도 같은 마음이었을 겁니다. 그들이 보고 있던 건 정확한 타격이 아니라 끊임없이 공을 올리려는 아이의 의지였거든요.

좀 전까지 나는 마음을 제대로 담아내지 못하는 문장들과 씨름하고 있었습니다. 공을 쳐올리지 못하는 아이처럼 서투른 서브를 하고 있었어요. 애쓰는 아이에게 보내던 그들의 응원은 어느새 나의 글쓰기로 향하고 있습니다.

할 수 있다고 믿으면 정말 할 수 있게 되지 않을까.

쓰기를 이어 갈 때 필요한 것은 문장의 완벽함이 아니었습니다. 그건 닥치는 대로 해 보는 용기였습니다. 아이는 허공을 휘두르다가 어쩌다 한 번 공을 칠 때가 있었습니다. 한 번은 두 번이 되고, 두 번은 세 번이 되겠지요.

글쓰기에 대한 희망을 봅니다. 익숙하지 않더라도 서툴더라도 쓸 수 있다는 희망을요. 쓰기도 읽기처럼 자연스러워질 것입니다. 포기하지 않는다면 언젠가 우리는 읽은 만큼 쓸 수 있는 사람이 될 것입니다. 공은 꾸준히 띄워져야 합니다. 의문과 끈질김을 안고서요.

넌 얼굴이 몇 개야

한 단어로 자기소개를 하라는 요청을 받는다면 나는 좀 아득해질 것 같습니다. 한 단어에 나를 담는 일이 애초부터 가능한 일일까요? 그건 진정한 나일 수 있을까요? 뒤늦은 사춘기라고 하기엔 질문은 진지하고 난해합니다.

카톡을 열면 가깝기도 멀기도 한 사람들이 줄지어 서 있습니다. 각각의 관계를 뼘으로 재듯 가늠합니다. 망나니 같은 모습을 망아지처럼 순수하게 보아 줄 사람이 있는가 하면, 거친 구석을 거리낌 없이 드러내면 안 될 것 같은 관계가 있지요. 어떤 친구는 내 안의 잔잔한 찻잔을 함께 홀짝여주고, 어떤 관계는 멀어지는 듯하다가 다시 다가오기도 합니다. 저마다의 거리를 둔 인연들을 한 자리에 불러 모으는 일은 가능한 일일지 문득 궁금해집니다. 그들 간의 간격에 나는 어떤 얼굴을 입어야 할지 잘 모르겠습니다. 그들 각자가 알고 있는 내가 다르고 내가 그들을 여기는 방식도 다르니까요. 이는 카톡 명단의 수와 내 얼굴의 수가 같은 이유입니다.

우리는 타인이라는 거울의 개수만큼의 얼굴을 가집니다. "너는 다른 사람에게는 잘하면서, 엄마한테는 왜 그러니?"라는 엄마의 물음에 자문합니다. 만일 내가 엄마를 대하듯 그들을 대한다면, 그들은 나를 감당할 수 있을까? 사회는 그런 나를 받아들일 수 있을까?

자문은 계속됩니다. 엄마를 대하는 얼굴은 진짜이고 낯선 이를 대하는 얼굴은 가짜일까. 어린 시절의 나는 더 이상 내가 아니고 지금의 나만 나인 것일까. 보기 싫은 누군가의 꼰대질에 미소로 화답하고 있는 나는 진정 나일까.

'진정한 나'를 찾자는 매스컴의 문구가 오히려 사람을 방황으로 이끌고 있습니다. 히라노 게이치로의 책 『나란 무엇인가』에 보면 사람은 더는 쪼개질 수 없는 존재가 아니라 쪼개질 수 있는 분인分人이라고 말합니다. 차라리 나를 분인으로 규정해 버리면 그건 우리를 훨씬 자유롭게 하는 시작이 될

수 있겠다는 생각이 듭니다. 글은 어떠한가요. 인격이 하나
일 수 없는데, 하물며 글이란 것이 어떻게 나다울 수 있을까
요. 나다운 글을 쓰는 일은 가능한 것일까요.

　나는 나를 아주 잘 이해하기 때문에 글을 쓰는 것이 아닙
니다. 오히려 글을 쓰는 일이 나를 이해하게 해 준다는 것을
믿는 쪽에 가깝지요. 어떤 날은 혼잣말을 쓸어 담기도, 또 다
른 날은 메마른 점토 같은 모순을 자랑처럼 늘어놓기도, 때
로는 펄쩍 뛰다가 옴짝 오므린 나를 씁니다. 하나로 머물 수
없는 존재는 글이 이끄는 곳마다 선명해집니다. 글을 따라가
다 보면 나조차 알지 못하는 나를 발견하기도 해요. 그도 그
럴 것이, 나다운 글은 나답지 않은 것 또한 포함하는 일이기
도 합니다.
　그럼 나란 사람은 어떻게 발견되고 정의되어야 할까요. 투
명한 차 유리에 투명한 빗방울이 떨어집니다. 투명에 투명을
더하면 더 맑고 투명해야 할 텐데 차창은 오히려 흐려집니
다. 투명한 입자들이 서로의 경계를 침범해 굴절을 만들어내
고, 맑아야 할 표면은 자꾸만 흐려집니다. 투명했던 나도 그
래요. 겹겹이 쌓일수록 맑고 또렷한 형태가 아니라 뿌연 흔

적으로 존재하게 됩니다. 내 안에 쌓여 가는 관계의 경험, 수많은 역할이 얽히고 나면 뚜렷해야 할 나의 정체성도 때때로 흐릿해지고 말지요. 그런데 다행히도 빗방울은 흐르다가 모입니다. 일정한 흐름을 따라 내려가며 투명함을 회복하지요. 흐려졌다가 맑아지는 과정이 반복으로 학습되고 있어요. 흐린 나도 다시 또렷한 형태로 존재하게 될지 모릅니다.

며칠째 중국 신문에서 집중적으로 보도되는 기사가 있습니다. 수능 시험장으로 향하던 택시 안에서 두 명의 수험생이 맞닥뜨린 긴박한 순간에 관한 이야기예요. 시험장으로 향하던 A는 갑작스럽게 의식을 잃었고 그 순간 친구 B의 기지가 빛난 일이었습니다. 심폐소생술을 시작한 B의 가쁜 숨이 A에게 밀려들었습니다. B의 손바닥은 치열하게 A의 심장을 두드렸어요. 장면은 긴박하고 절박했습니다.

우리는 자신을 온전히 이해하고 있다고 믿지만 어떤 순간은 자신도 몰랐던 모습에 놀라기도 합니다. 이 이야기는 바로 그 본질이에요. 극도로 위급한 상황 안에서 한 인간의 본능적인 선택이 그 사람을 여실히 보여줬지요. B는 수능 시험을 포기했습니다. 생명을 살리는 일보다 중요한 일은 없다는 판단이었지요. 순간의 판단은 평소 생각했던 자신의 가치관이 아니라 본능 속에 자리 잡은 인간성이었습니다.

글을 쓴다는 것은 숨겨진 본모습을 발견하는 과정이기도 합니다. 글 속에는 내가 알지 못한 내가 있기 마련입니다. 다시 말하지만, 나는 나를 이해하기 때문에 글을 쓰는 것이 아닙니다. 오히려 글을 쓰는 과정을 통해 나를 알아가고 있어요. 분인으로 살아가며 흐릿해진 나를 다시 하나로 모으는 작업, 그것이 내게는 글쓰기입니다. 가장 나다운 글이란 어쩌면 내가 알지 못했던 나를 증명하는 글일지도 모르겠습니다.

어디까지 말해야 할까

　　같은 단어라도 사람마다 의미와 범위를 다르게 정의합니다. '졸업'은 누군가에게는 헤어짐의 아쉬움이지만 어떤 이에게는 새로운 시작의 설렘이지요. '예쁘다'라는 말도 화자의 기준과 시선에 따라 현격히 달라지는 표현입니다. 이는 취향을 나누는 말인데, 취향이 다르다는 것은 인식의 습관이 다르다는 증거예요. 그러니 잣대가 될 수 없는 모호한 말들을 단칼에 정의하기란 쉽지 않습니다.

　'간소하다'라는 말도 그렇습니다. 명절이나 집안의 행사를 준비하면서 제일 많이 들었던 말은 다름 아닌 '간소하게'였습니다. 하던 대로 하지 않고 굳이 간소함을 강조하는 건 왜일까요. 낭비가 만연한 세상에서 의롭게 발현된 절약의 표현일까요, 아니면 본질을 지키기 위한 선택일까요. 문제는 그 기준이 지극히 주관적이라는 데 있습니다. 무엇을 빼고 무엇을 남길지 기준은 늘 모호했고 나는 여전히 그 기준이 헷갈립니다.

　나는 자연산 물고기 같은 글에 로망이 있습니다. 군살 하나 없는, 순수한 본질만 남은 글 말입니다. 어장의 물고기는 야생을 흉내 내지만 지나치게 기름지거나 군더더기가 붙어 예상보다 무거워질 때가 있어요. 글도 비슷합니다. 불필요한 수식이 쌓이면 호흡이 답답해지고, 반대로 지나치게 절제하면 힘이 빠지거든요. 균형을 맞추는 일은 절대 간단하지 않습니다. 때로는 충분한 설명이 필요하고, 때로는 단 한 문장으로 감정을 응축하는 것이 옳기 때문이에요. 글마다 기준이 다르고 독자마다 받아들이는 방식이 다른 까닭입니다.

　균형을 찾은 글은 담백하면서도 깊이 있는 글이 됩니다. 이건 다시 함축이냐, 서술이냐의 문제로 좁혀집니다. 이 둘을 어떻게 배합하느냐에 따라 '간단해 보이지만 뼈 있는 글'이 되기도, '자판을 두드리는 노고조차 의심케 하'는 글이 되기도 합니다.

　시는 이해를 바라는 장르가 아니다.

　박연준 시인이 정의한 시의 장르가 고민의 중심을 정확히 찌르고 있습니다. '쓰고 싶은 대로 쓸 거야.' 이런 마음은 시인의 마음입니다. 시에서 이해는 독자의 몫입니다. 시인은 이런 배짱으로 독자를 방치하듯 현혹할 수 있습니다. 그런 태도 위에 시의 의미를 흐릿하게 두어도 되겠지요. 그럴 때 독자는 오히려 시인을 이해하고 싶어집니다.

　그러나 산문은 다릅니다. 산문은 이해시켜야 할 장르예요. 창조 때부터 이해시킬 책임을 갖고 태어난 글입니다. 여기서 나는 다시 골똘해질 수밖에 없습니다. 어디까지 말하고 어디에서 멈출 것인가, 하는 문제에 대해서요.

　시는 방치가 매력이라면 산문은 균형이 힘입니다. 너무 느슨하면 흩어지고 너무 팽팽하면 답답해져 버리죠. 나는 그 균형을 나름의 간소화에서 찾으려 합니다. 아장아장 걷기 시작한 아기의 가방에는 용수철 같은 끈이 달려 있습니다. 끈은 엄마의 손목에 연결되어 있어요. 아기를 구속하지 않으면서도 길을 잃지 않게 하는 중간의 거리. 그것이 바로 산문에서 말하는 것과 멈추는 것 사이의 기술은 아닐까 합니다. 그렇게 글은 독자와 작가 사이에 놓인 끈이 됩니다. 너무 팽팽하지도, 너무 느슨하지도 않게. 서로를 잃지 않기 위한 가장 적절한 거리. 그

거리에서 우리는 서로를 이해하고, 때로는 오해하며, 다시 이해하려 애쓰는 과정을 반복합니다. 간소하지만 유연한 끈 하나를 손에 쥐고 담담히 문장을 꺼내 봅니다.

넷.
쓰는 삶에 머물기로 했다

내 글은 불안했던 순간들의 기록이에요.
쓸 수 있을까, 없을까. 이게 과연 글이 될까.
흔들림을 연습하면 균형이 오지만 균형을 연습하면 오히려
흔들립니다.

천혜의 조건

　　이웃집 과실수에 주황색 조막만 한 것들이 맺히기 시작했습니다. 청록의 잎사귀 사이에 조밀하게 모여 있는 선명한 색감이 '금귤인가?' 착각하게 했지요. 한번 시선을 끈 열매는 그 후에도 자주 나를 불러 세웠습니다. 그리고 시간이 갈수록 나무는 천연의 보색 대비를 진하게 뽐냈습니다. 생명이 있는 것들은 어떻게든 자신의 존재를 드러내고 싶어 합니다. 열매는 싱그러운 과즙으로 몸집을 키웠고 얼굴도 반질반질하게 물들였어요. 시트러스 과실수는 비슷하면서도 저마다의 모양새로 가지 사이를 채웠습니다. 밀감으로, 유자로, 한라봉으로. '제주도도 아닌데 한라봉이?' 의아해하던 나는 머지않아 무릎을 칩니다. 여긴 제주도보다 남쪽에 있는 상하이가 아닌가요! 제주도와 비슷한 날씨로, 어쩌면 더 적합한 환경으로 진작부터 귤이 자라기에 최적의 땅이었는지도 모를 일입니다.

결혼과 동시에 이주한 후, 이전의 삶과 멀어진 모습으로
한 시절을 살았습니다. 세상은 나란 사람은 그대로 놔둔 채
나를 둘러싼 모든 것을 바꾸어 버렸어요. 군락에서 떨어져나
온 나무처럼 아슬하고 위태하게 서 있을 때가 많았습니다.
타향이라는 낯선 환경, 가정에서의 서먹한 역할, 어른스러움
에 대한 강박, 그 안에서 빚어진 어색한 몸짓과 묵혀둔 목소
리는 어느새 새로운 나를 대변하고 있었습니다.

그 시절의 사진에는 그때의 내가 있었고, 그 시절의 목소
리는 글 조각으로 남았습니다. 사진은 순간을 담지만 글은
기분을 품어요. 부부 싸움 후의 냉랭한 공기, 엄마의 손맛이
담긴 레시피, 혼자 빨래를 개며 듣던 라디오의 멘트 같은 것
들은 사진에 포착된 적 없이 메모로 존재하곤 했습니다. 메
모는 오래된 책 틈이나 먼지 덮인 종이 더미에 숨었다가 이
따금 나타났습니다. 그러다 한바탕 대청소를 할 때면 있었던
적 없는 것처럼 자취를 감추어버리곤 했습니다. 소중하게 매
만지던 머리카락도 잘려 나가면 매몰차게 빗자루에 쓸려 버
려지는 것이 아닌가요. 휘갈겨 쓴 기록은 금세 잊히고 아무

렇지 않게 버려졌습니다.

　부쩍 드는 생각이 있어요. 매 순간 촘촘했던 기록들이 어쩌면 옆집 정원의 열매와 닮지는 않았을까. 보잘것없던 것들이 자라나 천연의 맛을 간직한 비타민 폭탄이 될 수 있진 않았을까. 그러나 글은 증거조차 남기지 않고 분산되고 증발했지요. 어디로 가는지 모르는 민들레 씨앗처럼 공기와 바람과 비를 따라 떠나 버렸습니다.

　코 밑에 있는 것들은 너무 가깝다는 이유로 자주 시각의 중심에서 벗어나곤 합니다. 딛고 선 토양이 영양토인 줄은 그땐 미처 알지 못했어요. 나는 십여 년 경력의 전업주부지만 내가 선 좌표가 어떤 가능성을 품고 있는지는 상상하지 못했습니다. 사람들은 시를 쓰는 이를 시인이라 부르고 글을 새기는 이들을 작가라고 칭하지요. 그러나 토막글 따위 끄적이는 나에게 작가라는 칭호는 내내 원했으면서도 거절하고 싶은 것이었습니다. 누군가의 뾰족한 시선이 두려웠고 그 때문에 부끄러움을 느끼게 될까 봐 걱정했습니다.

　전업주부의 새로운 시도는 단순한 여가 활동으로 치부되곤 했습니다. 실제론 또 다른 삶의 가능성을 탐색하는 중이었는데도요. 주부는 꿈에 진중해질수록 감당해야 할 대가에 두려움을 느낍니다. 가정에 예전만큼 충실하지 못할지 모른 다는 불안감이 그것이죠. 그것은 '현상 유지'와 '나의 성장'이 대립할 때 후자가 양보해야 한다는 암묵적이고 습관적인 포기였습니다. 그러나 여전히 마음속에 갈등이 머무는 것은 내 역할을 하나로 고정하지 않으려는 의지가 살아 있기 때문이었습니다. 더는 이전처럼 살지 않겠다는 솔직한 선언. 내가 택할 길은 나를 더 행복하게 해줄 쪽이라는 자기 존중의 선언이었습니다.

　가족들이 나간 후의 공기에 고독과 고요가 스밉니다. 공간은 종종 나를 다른 세상과 만나는 자리가 되어 주곤 하는데, 그때 나는 작가도 될 수 있고 시인도 될 수 있습니다. 그림을 그린다면 화가도 될 수 있음은 물론이지요. 고독이 친구가 되면 의외로 가능한 것들이 많아집니다. 고독은 진짜 원하는 것이 무엇인지 내게 쉼 없이 물어옵니다.

　한 우물만 파는 것이 미덕이던 과거와 달리 여러 일을 병행하는 것이 자랑이 되고 홍보가 되는 세상이에요. 깊이를 탐구하기보다 넓이를 확장하는 시각이 익숙한 세상이 되었지만, 묵시적 룰은 여전히 남아 있습니다. 글 쓰는 사회인은 실력을 떠나 언제까지나 '겸업' 작가로 남는 것이 그 예지요. 온전히 바치지 못하면 '전업'이란 자격을 붙일 수 없다는 듯 말입니다.

전업주부란 직업은 발이 넓고 품이 깊습니다. 품고자 하는 것들을 한 톨의 부족함 없이 온전하게 만들어 주는 힘을 지니고 있지요. 그만큼 많은 것을 감싸안는 역할이지만 그 안에서 내가 가진 또 다른 가능성은 종종 묻히곤 했습니다. 김 칫국물의 냄새처럼 익숙한 후각에 갇혀 그 너머의 나를 드러내기 어려웠던 거예요. 어깨는 점점 웅크려졌고 존재의 크기도 그에 맞춰 작아지는 듯했습니다. 이제 그 어깨를 전업 작가란 이름 아래에 펼칩니다. 익숙함 속에 잠들어 있던 나의 또 다른 얼굴. 눌렸던 머리가 꼿꼿해지고 갇힌 숨이 시원하게 터져 나옵니다. 은근한 우월과 벅찬 희열이 뒤섞여 올라옵니다. 흔한 간장 종지인 줄 알았는데 알고 보니 고려청자였다는 어느 감정 프로그램의 이야기와 같은 뜻밖의 반전 때문에요. 나는 전업주부이므로 전업 작가가 될 수 있습니다. 그리고 이 둘은 결코 대립하지 않습니다.

원고 마감을 앞두고 마음이 급한데 또 배는 고파 오니 어쩔 수 없이 펜(?)을 내려놓고 칼을 쥐었던 것이다.

― 은희경, 『또 못 버린 물건들』

펜과 칼을 번갈아 쥘 수 있는 특권. 원 플러스 원은 기분도 좋지만, 그것이 두 개의 삶을 온전히 살아 낼 수 있다는 의미라면 더욱 짜릿합니다. 전업주부의 삶은 현실을 더 촘촘히, 더 진하게 마주하게 했고, 작가의 삶은 그 모든 순간을 언어로 붙잡아두는 법을 가르쳐 주었습니다. 두 가지 역할을 넘나들며 얻어 낸 균형, 그리고 그 균형 속에 온전히 따로 존재하는 나. 나는 더 이상 한 가지 정체성에 갇히지 않습니다. 전업주부이자 전업 작가로서 내 방식으로 살아갈 특권을 움켜쥡니다. 돌아보니 전업주부는 처음부터 전업 작가가 될 수 있는 천혜의 토양이었습니다. 마음을 쓰며 삶을 살피던 손길이 글을 쓰는 손으로 이어진 건 생각할수록 꽤 자연스러운 진화예요. 손이 하는 일은 달라졌지만, 누군가를 돌보고 어루만지려는 마음은 여전히 그 자리에 있습니다. 이제 그 마음은 문장 속에서 또 다른 방식으로 세상을 만날 겁니다. 그렇게 나는 삶을 살피던 손으로 세상을 쓰고 있습니다.

그 반대쪽에 내가 있어

평범한 날은 연말연시와 만나 요란한 날이 됩니다. 성탄 트리에 등이 켜지고 크고 작은 눈꽃 스티커가 쇼윈도에 붙었습니다. 차려입은 여인들의 다리는 보디로션처럼 매끈하고 얇은 스타킹으로 감싸여 있었습니다. 옷차림은 세차게 추운 날씨와 불협화음을 내는 듯했지만, 그마저도 흥분된 연말 분위기에 휩쓸려 어우러졌지요. 멋을 부리고 도착한 장소에는 한 해를 마무리하며 자신의 소속을 확인하는 사람들로 가득했습니다. 인맥의 동그라미 안에서 이들은 안정을 찾고 내년의 평안을 보장받는 듯했습니다.

시끌벅적한 자리를 마치고 돌아온 자리에 귓속의 묘한 이명만이 남았습니다. 텅 빈 냉장고를 채우거나 설거지 더미를 치울 생각은 없습니다. 다시 찾아온 적막은 자주 배고픔을 동반했습니다. 실제 배고픔인지 가짜 배고픔인지 알 길이 없어 핸드폰만 만지작거렸지요. 해결되지 않는 마음의 빈 곳을 사람들 속에서 찾으려 했을 때 오히려 해결되지 않은 경험만이 쌓여갔습니다. 내가 갇혀 있던 것은 관계 중독이었고, 우울을 동반한 외로움이었습니다.

직접 채울 수 없는 공간은 남도 채워줄 수 없습니다. 비행기에 선장이 몇 명이든 소용없고, 배에 기장이 아무리 많아도 중요하지 않습니다. 내 배의 주인은 나입니다. 그러는 나는 내 주방에서조차 남의 레시피에 얼마나 자주 의지하는지요. 무언가를 의지하면 안전했고, 그것이 정답처럼 보였습니다.

핸드폰에 '마음 챙김 벨'을 설치했습니다. 15분마다 종소리를 울려서 나를 깨워 주는 앱이에요. 잡념의 자아를 자각하기 위해서죠. 10분 넘게 이어지는 생각은 대부분 좋은 생각과는 거리가 있는 것들이었습니다. 즉시 알아채고 벗어나는 훈련이 필요했습니다. 나 하나 잘 돌보고 사는 일이 제일 어려운 일이란 것을 깨닫는 요즘입니다. 그래서 평생을 걸쳐 공들여 살아야 하는 건가 봅니다.

높아지는 마음속 엔트로피를 다시 질서의 상태로 되돌리는 일에 산책의 도움은 막강했습니다. 북적이는 시장통을 지나고 중앙선 없이 쌍방향을 오가는 차들 사이로 몸을 모로 돌려 걷습니다. 얕은 언덕을 지나 빨간 우레탄 보행자 길에 이르면 그제야 내가 걷고자 한 길에 이르게 됩니다. 벤치 위의 누군가는 틱톡 따위에 가벼운 미소를 지으며 시간을 흘려보냈고, 다른 누군가는 업고 나온 갓난아기의 얼굴에 솜털같이 따스한 빛줄기를 얹어 주고 있었습니다. 느린 걸음으로 이들을 지나고 빈 벤치 몇 개를 더 지나고 나면 내가 아끼는 자리가 나옵니다.

둔각으로 못 박은 좌대와 등받이, 그리고 그 둘의 사이에 오늘 내가 온 목적이 있습니다.

벤치는 대개 길가를 따라 서로 마주 보며 놓여 있습니다. 내가 앉은 쪽에선 맞은편의 누군가가 보이고 누군가의 자리에선 당연히 내가 보입니다. 몸을 획 돌려 좌대와 등받이 사이에 두 다리를 넣습니다. 등받이는 배받이가 됩니다. 나는 너를 볼 수 없고 너도 내 얼굴을 볼 수 없습니다. 탁 트인 공간이 온전히 나만의 공간으로 탈바꿈하는 순간입니다. 방 안이 은둔이고 봉쇄라면 이곳은 자유이고 사유가 됩니다. 길을 보고 앉는 것은 세상과의 대화지만, 뒤로 돌아앉는 것은

나와의 대화가 됩니다. 밖으로 향하던 시선이 안으로 굽어
든 까닭일까요. 평소 감각하지 못한 것들이 보입니다. 지렁
이가 뚫고 나온 틈 사이로 미미하게 배어 나온 흙의 숨 냄새
나 깎인 잔디가 뿜어내는 녹차 향 같은 것들요. 나뭇잎이 사
락사락 손바닥을 비비며 반가운 인사를 건네고, 낭창한 가지
사이로 잿빛 청설모가 바삐 달려갑니다. 순간을 부지런히 눈
에 담습니다. 자연의 색상을 보고 있으면 내가 이 안의 일부
라는 사실에 감사하게 됩니다. 계산하지 않고 슬퍼하지 않
그 오로지 자연에 맡기면 되는 나라는 자연. 한 줄기 바람으
로 연못에 작은 파도가 일면 물결의 움직임은 내 숨결이 됩
니다. 윤슬이 일면 빛으로 내 마음도 따뜻해져요. 이 시간 살
아 있다는 사실, 이 주어진 사실이 나를 감동케 합니다. 자연
의 내면엔 대체 무슨 힘이 있어서 자꾸자꾸 나아지는 쪽으로
나를 데려가려 하는 것일까요. 오염된 날숨을 놓아주고 가장
청정한 것으로 채우고 나면 나는 좋은 사람으로 희석되지 않
을 도리가 없습니다. 알아야 할 것은 바깥이 아니라 내 안에
있었어요. 고요히 응시하면, 되고 싶은 내가 보입니다.

　어느 공간에 머무르느냐는 중요합니다.

쓰는 일이 반드시 책상 앞에서만 일어나야 하는 것은 아니지요. 나는 오히려 집 안의 벽과 기둥 사이에서 하고 싶은 말이 맴돌기만 하는 답답함을 느낍니다. 글은 때로 마음에 어깃장을 놓고 벽은 무표정으로 길을 막아섭니다. 안과 밖을 잇는 루틴은 나를 중심에 두기 위해 절실한 일이었습니다. 평일 낮, 남들 일하는 시간에 빈 공원을 온전히 차지하고 있습니다. 나무 사이에 걸려 있는 공용 해먹이 그늘과 빛을 적당히 안고 있어요. 모든 건 내 것이 됩니다. 청소차가 보도에 물을 뿌리고 지나간 물기 위로 낙엽 한 장이 미끄러지듯 내려앉습니다. 그리고 그 낙엽이 닿기도 전에 내가 그 위를 걷습니다. 내가 낙엽을 따라오는 것이 아니라 낙엽이 나를 따라옵니다. 이곳의 모든 것은 나를 향하고 있습니다. 허투루 흘려보내지 않고 품위 있게 매 시각을 누리는 자세에 집중합니다. 걷는 일은 단언컨대 여유와 사유를 품은 가장 좋은 방식입니다. 그건 시간을 제대로 음미하는 일이고 둥둥 떠다니는 생각의 잎사귀를 깊게 가라앉히는 과정이기도 합니다. 그럴 땐 어김없이 발이 닿는 자리마다 문장이 흐르고, 발자국이 파이는 곳마다 단어가 고입니다.

이따금 저녁 산책에서 보름달을 볼 때가 있습니다. 나는 조심스레 내 안의 찌그러진 원을 꺼내어 하늘 위 그것에 맞대어 봅니다. 누가 볼세라 찌그러진 끝을 잡아당깁니다. 순간이지만 구김살 없이 매끈해진 나의 동그라미가 원래 내 것이었던 것처럼 떳떳해집니다. 완전함은 어쩌면 먼 미래에 정해 놓은 목표가 아닐지도요. 까마득한 일처럼 느껴지지만 이미 순간순간 이루고 있는 것입니다.

그날 밤, 동그라미는 둥근 채로 남아 주었습니다. 강물에 비친 달그림자는 찬란한 금빛이었어요. 안팎으로 소란했던 시절의 딱 반대편. 나는 이곳으로 내 자리를 정했습니다.

러너스 하이, 작가의 하이

새벽 4시.

리듬감 있는 한 주를 위해 일주일에 며칠은 새벽 조깅을 나갑니다. 말이 쉽지, 잠결에 현관문을 박차고 나가는 일은 매번 고역입니다. 아무리 이른 기상이 습관으로 자리 잡았다고 해도 아침 조깅은 늘 새 결심이 필요합니다. 오늘 아침도 나는 침대 시트와 등허리 사이에 얇게 웅크린 잠 귀신과 한바탕 몸싸움을 벌였습니다. 천근만근 무거운 눈꺼풀을 애써 부릅떠 보았지만 밀려드는 잠의 포만감에 못 이기는 척 몸을 같기고 싶어졌던 겁니다. 모든 습관은 은연중에 요요를 꿈꿉니다. 좀 는적거렸습니다. 연달아 울려대는 날카로운 알람 소리에 애꿎은 손가락만 부산했고요.

잠 귀신은 철마다 옷을 갈아입으며 찾아옵니다. 여름날 대나무 매트 위 끈적한 살갗을 붙드는 눅눅한 열기로, 겨울엔

온수 매트와 결탁해 '딱 10분만 더'를 속삭이는 치명적인 안
락함으로 말이죠. 선선한 바람에 마디마디가 풀리는 봄과 가
을은 또 어떤가요. 춘추春秋는 가히 잠 귀신이 제 세상을 만
난 듯 춤추는 계절입니다. 그렇게 일 년 내내, 나는 침대 위
에서 매일 다른 얼굴의 적과 몸싸움을 벌입니다.

　가까스로 자리에서 일어나 운동화에 발끝을 구겨 넣습니
다. 삐걱대는 관절이 발목을 잡아도 운동화 끈을 고쳐 묶으
면 다리는 이내 마음을 고쳐먹습니다. 세상은 아직 어둑합니
다. 잠자던 가로등 센서가 발소리를 알아채고 졸린 눈꺼풀을
들어 올립니다. 깜빡 잠든 보초병처럼 놀란 눈을 깜빡이며
이내 또렷해지고요. 내가 달리기 시작하면 세상은 서서히 밝
아집니다. 앞으로 뻗은 길은 어스름하지만 뛰어온 길은 선명
해지지요. 빛은 겹치고, 어둠 속의 나도 달려온 만큼 환해집
니다. 공중에서 본다면 이 장면은 내가 빛으로 거리를 물들
이는 상태로, 빛을 이끄는 모습으로, 스스로 빛을 내며 더 큰
빛의 세상으로 나아가는 것처럼 보일 거예요. 그럼 난 그 시
선을 빌려, 내가 빛을 내야만 세상이 밝아질 수 있다고 믿게
됩니다. 밤새 웅크려 나를 좀먹던 생각들은 이제 더는 나를

붙잡지 못합니다. 빛이 들면 어둠은 반드시 물러가는 법이지요.

　동틀 녘에 이르러 그제야 잠이 깬 러너들이 하나둘 길 위에 추가됩니다. 우리는 앞서가며 뒤서가며 호흡을 맞추어요. 누군가와 함께 달린다는 생각은 거친 호흡, 무거운 다리와 같은 지금의 고통이 나만 겪는 게 아님을 알게 해 줍니다. 그래서 복수로 존재하는 일은 그 자체로 응원이 되나 봅니다. 그만 뛰고 싶은 순간에 앞 사람의 등짝이 나를 잡아당깁니다. 그 등짝은 가끔 내가 되기도 하는데, 내 걸음이 누군가의 속도를 지탱하고 있을지도 모른다는 생각은 나를 멈추지 않게 하기도 합니다.

　글을 쓰는 일도 새벽의 러닝과 닮은 구석이 있어요. 어두운 백지 위에서 깜빡이는 커서는 마치 출발선의 카운트다운처럼 긴장과 설렘을 동시에 불러옵니다. 첫 문장은 운동화가 트랙을 박차고 나서는 순간처럼 힘차게 튀어나옵니다. 호흡은 거친 문장으로 이어집니다. 달리기하듯 문장도 조금씩 앞으로 나아가는데, 어느덧 손가락과 자판이 내는 소리에 리듬감이 생기면 내 글에도 리듬이 붙습니다. 그렇게 한 줄 한 줄을 내디디며 나는 백지라는 트랙 위에서 나만의 달리기를 시작합니다.

이 시간 나와같이 백지 앞에 앉은 러너들을 상상합니다. 쌓인 책과 수집한 문장 속에서 누군가의 문장은 나를 당겨줍니다. '그만 뛰자' 싶을 때마다 앞선 글 벗의 등짝이 나를 붙듭니다. 등짝이 또 다른 등짝을 이끌듯, 문장이 문장을 끌어당기는 일이 톱니바퀴처럼 돌아갑니다. 그러면 나는 흐름을 타는, 멈추지 않는 톱니가 됩니다. 어떤 날은 그 힘으로 하루 분량을 훌쩍 넘게 달린 적도 있습니다.

쓰다

이 표현은 우리말에서 가장 넓은 품을 가진 말 가운데 하나일 것 같아요. 무엇을 머리에 올리는 일, 가진 것을 흘려보내는 일, 손끝으로 흔적을 남기는 일, 마음을 기울이는 일이 모두 쓰다로 모입니다. 흥미로운 것은 이 모든 행위가 존재를 표현하고 확인하는 일에 가까이 있다는 점입니다. 형용사로서의 쓰다 역시 그 맥을 같이합니다. 맛 가운데 가장 오래 마음에 남는 것은 달콤함이 아니라 쓴맛이니까요. 우리는 달콤한 순간보다 쓴 경험을 더 오래 기억합니다. 삶의 기억과 감정까지 불러내는 힘을 지닌 맛. 쓴맛은 우리를 멈추게 하고, 곱씹게 하고, 돌아보게 만들지요. 그래서 불편하지만 가장 깊은 울림을 남기는 맛입니다. 이렇게 다채로운 의미가 하나의 말에 묶여 있다는 사실을 단순한 언어적 우연으로만 볼 순 없습니다. 어쩌면 우리 존재의 진실을 가장 압축적으로 품고 있는 표현일지도 모릅니다.

새벽을 달리는 일을 흔히 상쾌하다고들 합니다. 하지만 그 상쾌함에 닿기까지 과정은 생각보다 녹록지 않습니다. 한 걸음이 다른 걸음을 끌고, 밤새 굳어 있던 몸에 힘이 붙은 다음에야 가능해지지요. 운동화를 신고 나가는 일은 그런 의미에서 중요합니다. 해야겠다고 생각만 하는 사람이 많은 것은 참 애달픈 일이에요. 공상가는 문을 박차고 뛰어나갈 수 없고, 몽상가는 책상에 앉아 연필을 잡을 수 없습니다. 모든 시작에는, 그리고 반복되는 시작에는 쓴맛이 있기 마련이에요. 그래서 나는 현재의 욕구가 아닌 결과가 주는 만족을 기억하려 합니다. 러너스 하이를 경험한 자가 작가의 하이writer's high도 이해할 수 있을 거란 믿음으로요.

　몸과 마음이 하나로 모이면 어두운 수풀 너머로 장막이 걷히고 하늘이 열립니다. 신의 계시라고도 착각할 만한 빛줄기가 급하게 얼굴을 통과해 지나갑니다. 이 맛을 모르는 이에게 그것을 설명하는 일이 얼마나 재미없게 들릴지 문득 걱정됩니다. 하지만 나는 그 맛에 길을 달리고 글을 쓴다고밖에 말할 수 없는 나를 탓하지 않습니다. "무슨 맛이길래?" 하며 라면 한 젓가락의 호기심으로 솔깃한 이가 있으면 좋겠다 할 뿐이지요. 한 번 맛보면 쉽게 잊히지 않는 맛은 이미 평범한 일상에 숨어 있습니다. 당신에게 발견되기만 기다리면서요. 비록 좋은 쓴맛일지라도 처음엔 회유가 필요할지 모르겠습니다. 그래서 한약 옆에 막대 사탕을 준비해 두는 심정으로 유혹의 손짓을 보냅니다. 쓴맛을 견디고 나면 쓴맛은 한 때라는 것을 곧 알게 될 거예요. 얼얼해진 미뢰가 맛의 소용돌이 끝에서 반드시 뭉근한 단맛을 찾아낼 것입니다.

두 손으로 쓰는 삶

학교에서 돌아온 아이가 저녁도 거르고 숙제에 매달렸습니다. 빨리 끝내고 놀고 싶은 마음에 연필을 쥔 손에 땀이 흥건했어요. 나는 빨리 재우고 싶었습니다. 내일 아침 다섯 번째 알람까지 가는 악순환을 끊고 싶었어요. 목표는 달랐지만 '숙제를 빨리 끝내자'라는 것만은 우리의 공통 과제였습니다. 아이의 손을 잡았습니다. 오른손 가운뎃손가락의 굳은살이 더 단단해졌어요. 얼굴이 빨개진 아이는 울 것만 같았습니다.

"엄마가 써 줄까?"

아이가 환하게 웃었습니다. 나는 왼손으로 연필을 잡았어요. 어라, 연필이 겉돕니다. 나는 항상 오른손으로 글씨를 썼습니다. 초등학교 국어책에 실린 바른 연필 잡기는 무시했지만 어쨌든 오른손이었지요.

왼손에 쥔 연필이 미끄러질까 힘을 꽉 주었습니다. 눈은 분명 알고 있는데 손끝은 헤맸습니다. 자음과 모음이 각자의 길로 흩어지는 느낌이었지요. 그런데 신기했습니다. 왼손 글씨는 서툴렀지만 꾸밈이 없었어요. 초등학생의 그것처럼 삐뚤빼뚤해서 더 솔직해 보이기도 했습니다. 내게 이런 글씨체가 있었구나. 왼손 필기는 아이의 숙제를 대신하려는 목적으로 시작됐지만 어느새 잃어버렸던 나를 더듬는 일이 되었습니다.

오른손체와 왼손체는 언제 이렇게 갈라지고 달라진 걸까요. 같은 문장을 오른손으로 다시 써 봅니다. 내 나이만큼 나이를 먹은 오른손 글씨에는 어른의 냄새가 났습니다. 세련되고 빠르지만 어딘가 피곤해 보였어요. 마흔쯤의 나는 이렇게 생겼구나. 매일 보는 거울 속 얼굴도 매번 낯선데 가끔 쓰는 내 글씨가 익숙하기만 할까요. 시간이 흐르며 글씨는 다듬어지고 잘 생겨졌지만, 정작 그 속에 담긴 나는 어떤 모습인지 묻게 됩니다.

오랜만에 초등학생 시절 일기장을 펼쳤습니다.
　　내일은 꼭 아침 일찍 일어나야지!
　　엄마가 좋아하시니까 계속 집안일 도와드려야지!

다짐으로 끝나던 일기들. 엉성한 띄어쓰기와 틀린 맞춤법 사이로 작고 단단한 결심들이 반짝였습니다. 지키지 못해도 다음 날 또 다짐했어요. 그렇게 질릴 만큼 반복하다가 어른이 되었습니다.

지금의 나는 다짐 대신 질문을 씁니다.

왜 이렇게 된 거지?

왜 이렇게밖에 못한 거지?

어린이의 글에는 내일의 희망과 의지가 가득했는데 어른의 글에는 후회와 유감만이 과거를 붙잡고 있었습니다.

아이와 어른의 시선은 엇박자입니다. 아이를 데리고 여행을 가도 그렇습니다. 아이는 놀고먹는 것에 온전히 몰입하죠. 어른은 매 순간 카메라 셔터를 누릅니다. 추억을 남기러 온 곳이 사진을 남기러 온 것처럼 되어 버려요. 시간이 흐른 뒤, 꺼내 본 사진 속 장면들은 아이에게 생소한 것이었습니다. 아이의 기억은 길가를 어슬렁거리던 고양이들과 그들이 먹던 사료 그릇이 있는 풍경으로 가득했어요. 고양이 밥을 훔쳐 먹던 유기 고슴도치에게 고양이가 휘두른 냥냥 펀치의 순간들까지. 그 따끔한 순간에 깜짝 놀라 튀어 오른 몸짓과 표정까지. 그 후, 나는 두 눈이 아닌 렌즈로 보는 것이 순간에 대한 결례라고 생각하기 시작했습니다. 그리고 알게 되었어요. 내가 중심이라 믿으며 찍었던 것들이 사실은 아이 시선의 가장자리에 불과했다는 것을 말입니다. 그때 떠올린 것도 왼손 글씨와 오른손 글씨였어요.

　성장만을 좇아 달려왔습니다. 하지만 정작 무엇이 달라졌는지는 잘 모르겠어요. 성장이라는 좋은 구실 아래 정작 중요한 것들을 놓쳤는지도 모릅니다. 어린 시절의 다짐만으로는 부족합니다. 근거 없는 낙관은 현실을 외면해요. 하지만 어른의 질문만으로도 부족합니다. 끊임없는 추궁은 앞으로 나아가지 못하지요. 다짐이 방향이라면 질문은 점검입니다. 성장은 둘 다 필요로 합니다.

　이제 나는 양손으로 씁니다. 한 손은 어린 시절처럼 다짐을 적고 다른 한 손은 어른처럼 질문을 기록합니다. 두 손이 함께 움직일 때 글은 느리게 흘러가지만 괜찮습니다. 한쪽으로만 달리다 넘어지는 것보다 천천히라도 균형 잡고 가는 게 나으니까요. 두 손이 자판 위에서 함께 움직입니다. 이제는 쓰는 대로 살기만 하면 됩니다.

작가 선언

이제 막 글을 쓰기 시작한 나를 작가라고 불러 주는 사람들이 있습니다. 작별 인사라도 하듯 손을 흔들어도, 글 쓰는 이에게는 '작가'의 호칭이 백번 옳다고 말하는 그들의 고집은 대단합니다. 떳떳하지 못했습니다. 직업이란 취미가 될 수 없는데 글쓰기는 아직 취미에 가까웠고, 나는 취미로 밥을 짓지는 않기에 주부만이 내게 어울리는 이름이라 생각한 겁니다. 그런데 신기합니다. 호칭이 쌓여 갈수록 조금씩 인정하고 싶은 기분이 들었거든요. 그 단어가 밀어주는 손길에 내가 앞으로 조금씩 나아가는 것처럼 느껴졌습니다.

잠시 돌아가겠습니다. 중국어에 관한 이야기를 먼저 해야 할 것 같아서요. 중국어는 표의문자라서 거의 모든 글자가 뜻을 지닙니다. 이름을 지을 때도 사물의 의미를 담은 글자를 선

책해 대상과 단단히 연결하지요. 그래서 이름 속에는 대상의
내력과 특징이 고스란히 담겨 있습니다. 우리가 여름에 즐겨
먹는 수박은 중국의 서역에서 들어온 식물이라고 하여 서과西
瓜라는 이름이 붙었습니다. 참외는 달콤한 박이라 하여 첨과甜
瓜라 불리지요. 명칭의 유래에는 그럴듯한 이유가 따랐습니다.
그런데 재밌는 건 모든 것이 이런 이치에 맞게 조합되는 것은
아니라는 겁니다. 한 명칭을 듣고 갸웃했습니다. 오이에는 뜻
밖에 황과黃瓜라는 이름이 붙었으니까요. 풀이하자면 노란 박
이라는 뜻입니다. 초록 박 혹은 푸른 박이 제격일 텐데 노란 박
은 어찌 보아도 어울리지 않는 이름입니다.

　속 이야기는 이렇습니다. 오이의 명칭은 본래 완숙한 누런
오이를 뜻하는 것이었습니다. 맞습니다. 노각이라고 불리는
그것 맞아요. 먼 옛날의 오이는 늙은 뒤에야 식탁에 올랐다
고 합니다. 씨앗이 단단하고 껍질도 쇠어서 식감이 껄끄러웠
겠지요. 어느 날, 누군가 풋오이를, 그러니까 청오이를 따서
맛을 보았습니다. 떫은맛도 매력적일 정도로 시원하고 아삭
했을 거예요. 더운 날 갈증 해소에도 좋았을 겁니다. 그래서
그때부턴 노각 대신 청오이를 즐겨 먹기 시작했다고 해요.
그렇지만 이름까지 바꾸기엔 습관의 역사가 깊었습니다. 그

래서 여전히 훗날의 이름으로 불리고 있습니다. 이것은 오이의 꿈이자 현재입니다. 이미 이루었으며, 중도에 꺾이지 않는다면 미래에 반드시 실현될 확신 그 자체. 마침내 누렇게 변해 갈 지금의 초록은 미래의 이름을 가불합니다. 꾸준히 힘쓰겠다는 약속을 담보 삼아서 말이죠. 이제 오이는 이름값을 하기 위해 함부로 포기할 수 없습니다.

앞날의 모습으로 인정하는 것의 의미를 생각합니다. 좀 전에 나는 누군가에게 작가라는 호칭을 듣고 기분이 한껏 고양된 적이 있었지요. 아직 닿지 못한 꿈을 멀리서 끌어다 눈앞에 둔 듯한 기분이었습니다. 청오이가 노각으로 변해가는 확률만큼으로 나도 내 미래를 확신하고 싶습니다. 말이란 참 신비롭습니다. 자꾸 불리는 대로 되어가려 하니까요.

도달해야만 그 이름의 자격을 갖는다고 믿었던 나는 작가로 나의 정체를 정합니다. 그건 꿈이었지만 이미 매일 누리고 있던 것이에요. 꿈은 이뤄 내는 것이 아니라 어쩌면 매일 이뤄가는 과정 자체는 아닐까요. "나 작가야!"라고 규정하는 순간 행동은 자연스러워집니다. 그건 곧 나다운 행동으로 이어져 더 이상 미래일 수 없습니다.

잠든 아이의 얼굴을 쓰다듬으며 앞날을 위한 축복 기도를 한 적이 있습니다. 그런데 나 자신을 축복한 적은 있었던가요. 바늘처럼 뾰족하게 치켜뜬 눈꼬리 말고 미래의 나를 보듬어 인정하는 일을 해 본 적이 있는지요.

나는 자신을 격려할 줄 몰랐습니다. 남들의 기준에서 사회의 기준으로 나를 몰아세웠지요. 어쨌든 일을 시작해야 경력이 생기는데 누구도 기회를 주지 않는 경단녀의 현실만 탓하며 등을 움츠렸습니다. 이제 씩씩하게 살아갈 나에게 넉넉한 축언을 해 주려 합니다. 이런 선언이 허세라고 비웃어도 하겠습니다. 과장되고 우스워 보일 것도 감당해 보겠습니다. 그러면 나는 어느새 진짜가 되어 증명하고 있겠지요. 걱정만 하는 바보가 아닌, 걱정하면서도 해 버린 바보가 될 겁니다. 머쓱하지만 오늘 선포한다면 내일은 좀 쉽겠지요. 나를 향해, 나를 위해 선언합니다.

나는 작가입니다.
나는 내가 행한 일들과 차마 행하지 못한 사소한
순간들을 모읍니다. 시시해 보이지만 가볍지 않은
이야기들, 평범한 안부 속에 삶의 가장 명징한 진실을

담아 내려 합니다. 그리하여 문득 뒤를 돌아보았을 때,
나와 내 눈에 비친 세상이 어딘가 조금은 달라져 있기를
소망합니다. 세상의 인정을 구걸하기보다, 나만의
시선으로 고요한 안전과 자족을 길어 올리겠습니다.

나는 문장의 힘을 믿습니다.
입술을 떠난 말은 연기처럼 흩어지지만, 종이 위에
포착된 언어는 무게를 얻습니다. 쭉정이를 거르고
의미를 가려내어 문장의 점도를 높이겠습니다. 나의
글이 허공에 휘발되지 않고, 누군가의 마음에 가닿아
지워지지 않는 자국이 되기를 바랍니다.

나는 생활인입니다.
삶이 멈추지 않는 한 쓰는 일 또한 멈추지 않을
것입니다. 쓰는 일이 멈춘다면 나는 더 이상 살아 있지
않은 것입니다. 글은 곧 나 자신이며, 나는 살아 있는
문장입니다. 삶이 글이 되고 글이 다시 삶이 되는
필연의 흐름 속에 기꺼이 머물겠습니다.

그거 네 거야?

버스를 기다리다 더위도 피할 겸 길가의 속옷 가게에 들어갔습니다. 점심시간이 지난 나른한 오후, 가게 안에는 고춧가루와 간장으로 조미한 반찬 냄새 같은 것이 미미하게 떠다녔습니다. 점심에 고등어조림을 드셨나? 환기를 위한 듯 창문은 빼꼼하게 열려 있었지만, 에어컨 바람이 아까워 확 열어젖히진 못한 것처럼 보였습니다. 속옷 가게 안에는 일 바지와 잠옷 바지 같은 일상의 옷가지들이 빽빽하게 걸려 있었어요. 매대에는 성별 구분이 불확실한 파자마부터 구분이 확실한 속옷들까지 규칙 없이 늘어져 있었고, 여러 사람의 손때가 묻었을 내의를 거리낌 없이 검은 봉지에 담는 이들이 배경을 오갑니다. 줄곧 뽀글머리 동네 손님을 상대하던 사장님은 나에게 반가움과 이질감 섞인 표정으로 다가왔습니다.

"댁이가 입을 거야?"

존댓말도 아니고 반말도 아닌 물음에 나도 모르게 "네"라고 했습니다. 내 가슴을 향하는 그녀의 가는 시선은 뭔가를 가늠하는 듯했지만, 오래 알고 지낸 것 같은 말투 덕분인지 별로 대수롭지 않게 느껴지더군요. 여기는 다 이렇게 오픈하는구나. 그러나 사장님의 뒤이은 질문에 나는 눈동자를 고정할 곳을 찾지 못했습니다.

"그거 댁이 꺼야?"

치수를 가늠하던 시선은 직접 만져볼 수 없음을 아쉬워하는 듯했습니다. 내용은 내 것이지만 포장은 내 것이 아니었기에, 나는 어찌 말해야 할지 몰랐습니다. 그런 순간에 고민이 길어지면 대화는 자칫 어색해지고 말 겁니다. "네!"

맞지도 않는 속옷을 사 들고 집에 돌아왔습니다.

사장님의 물음이 20년이 지난 지금까지도 선명한 이유는 그 문장이 훗날 내가 자주 쓰게 될 문장이었기 때문이었던 듯합니다. 즐겨 쓰게 된 곳은 독서 모임이었습니다. 모임은 혼자라는 한계에서 벗어나 생각의 지경을 넓히는데 알맞은 구실이었지요. 공통의 주제 아래 오가던 이야기는 내가 놓치거나 미처 깨닫지 못한 부분을 채우려 부단히 애써주었습니다.

　우리 각자에겐 침범하지 못하는 독서의 바다가 있었습니다. 물길을 따라 흐르다 때로 역행하며, 우리는 바다 어느 즈음에서 서로의 물결을 포개고 있었습니다. 그건 우리가 어우러지거나 충돌하는 모양이었지만 물결에는 흔적이 없었지요. 흘러가듯 읽고 지나가듯 말했습니다. 상대의 입에서 흘러나온 유창한 생각들에 자주 마음을 빼앗겼습니다. 그 출처가 어디일지 궁금해하는 나의 마음이 기필코 한 마디 내뱉었습니다.

　"그거 네 거(네 생각)야?"

　그런 반짝이는 생각이 오롯이 네 생각일 리는 없다는 의심과 그런 생각까지 할 수 있는 그의 빈틈없는 논리에 압도된 질문이었습니다. 물음의 이유를 알 수 없는 상대는 큰 눈을 깜빡이며 나의 표정을 읽으려 했습니다. 나는 그의 눈 속 깊은 곳을 바라보았습니다. 많이 읽는 사람의 선하고 깊은 눈빛을요. 콘택트렌즈나 어떠한 시술로도 불가한 기품이었습니다. 고고한 선비의 눈빛과 비교하면 쉽게 상상이 될지 모르겠습니다만, 다독가에게는 은은하고 고요한 사유의 눈빛이 있습니다. 세월과 함께 깊어져 울림이 있는 낡은 바이올린처럼 변해가는 눈빛.

　우리의 대화 속에는 한 번도 공유한 적 없지만 닮아 있는 문장들이 있었습니다. 책 속의 문장에 공감할 때마다 깊이 체화하려던 노력 때문이었지요. 그 과정에서 나는 내 안의 미숙한 틈을 발견하곤 했습니다. 틈은 현실과 이상이 대척하고 있는 지점이면서 현재가 미래로 나아가며 좁혀지는 공간이었습니다. 내 의견과 책의 문장 사이의 간극이 좁혀지면 나는 저자의 말에 뒤늦게 공감하며 무릎을 치기도 했습니다. 그런 말은 엿보는 즉시 넘보고 싶어졌어요. 책의 언어와 나의 언어가 섞입니다. 남의 언어가 나의 언어와 닮아 갑니다. 때문에, 책 속을 걸을 때면 발에 걸리는 문장이 있는지 바삐 의식해 보는 습관이 생겼습니다. 문장이 나를 잠시 멈추게 하면 그 순간부터 나의 문장은 시작됩니다. 사유의 출발점이 정해지면 결승점에 무엇이 있을까 미리 궁금해집니다. 달려봅니다. 생각의 도달점을 미리 알고 가서 기다릴 수는 없습니다. 결승점에는 뜻밖의 문장이 나를 기다리고 있을지도 모릅니다. 그건 와중에는 스친 적이 있는 누군가의 문장일 수도 있습니다. 누군가는 낯이 익기도 했고 누군가는 완전한 초면이기도 했습니다. 책과 나의 수다는 공기 중에 둥둥 떠 있다가 어느새 손끝으로 쏟아질 준비를 갖춥니다. 내 것이면서 동시에 내 것이 아닌 것의 경계는 모호할수록 자연스러웠습니다. 그건 아마 서로가 서로에게 온전히 녹아들어 한 몸으로 존재하기 때문일 테지요. 그렇게 글과 사유는 바람과 바람 소리처럼 분리할 수 없는 하나가 됩니다.

　글쓰기는 분석이 아니라 사유를 위한 행위입니다. 읽음으로써 타인의 사유에 닿고, 씀으로써 자기만의 사유를 가다듬는 일은 그래서 작가의 주된 업무입니다.

　질문을 던져라!

　이 세상 모든 작가의 목소리가 이 문장 하나로 모이지 않을까 짐작합니다. 우리는 어떻게 자신에게 질문을 던질 수 있을까요. 나는 읽고 쓰기만큼 좋은 방법은 알지 못합니다. 이 세상은 크게 내가 모르는 것과 내가 아는 것으로 양분됩니다. 앞에서 이미 '보이는 것'과 '보이지 않는 것'에 관한 이야기를 한 적이 있는데 결국 같은 이야기로 만나겠네요. 타인의 문장을 탐하고, 결승점을 향해 달려가는 사유의 과정은 결국 맞지 않던 속옷을 내 몸의 곡선에 맞춰 가는 일과 같다는 것을요. 타인의 언어를 빌려와 나의 고백을 완성하는 이 모호한 경계 위에서 나는 안도합니다. 내가 쓴 문장들이 비록 누군가의 자취를 품고 있을지언정 그 문장을 붙잡고 씨름하며 '나의 문제'로 삼았던 시간만큼은 오롯이 나의 것이기 때문입니다. 잊히기 쉬운 남의 언어를 잊기 어려운 나의 문장으로 바꾸어 놓는 일. 그것이 내가 오늘도 읽고 쓰는 이유입니다.

"그거(그 생각) 네 거야?"라는 질문에 욕심내서 답하려다 말이 길어졌습니다.

애쓰잖아

혼잣말과 뒷담화의 차이는 뭘까? 아니, 홀로 있을 때 하지 못하는 것이 누군가와 있을 때 가능해지는 것은 무얼까?

실수로 질문에 답을 넣어 버리면 이리도 김이 빠집니다. 그래요. 혼자 있을 때는 혼잣말을 하고 둘 이상이 있으면 뒷담화가 나옵니다. 그건 혼자서는 뒷담화가 되지 못하는 이유이고, 둘이서는 혼잣말이 어려운 이유 때문이지요.

옛 친구들을 만나 목소리 볼륨을 올려 반가워하기를 잠시, 일상의 호흡으로 돌아오면 시작되는 건 누군가의 뒷담화였습니다. 담화라는 것이 앞에서 하면 문화 소양을 가진 이들의 행위이지만 방향이 바뀌는 순간 행위 주체와 대상의 의미가 정반대로 돌아섭니다. 그런 뒷담화의 시작에는 특유의 신호가 있었습니다.

몸을 슬쩍 앞으로 기울인다.

목소리는 두 칸 낮춰 은밀 모드로 장착한다.

들으라 하는 이야기를 누구도 듣게 할 의도는 없다는

듯 제스처를 곁들인다. (손으로 입가를 가린다든가, 눈을

가늘게 뜨는 식의.)

대화는 공식 채널에서 비밀 채널로 전환됩니다.

"그런데 있잖아. 예전에 걔는 어쩌고 있어?"

그 순간, 뒷담화의 시동이 켜지는 것을 알아채고 전원을 꺼 버리는 이가 있습니다.

"워낙 야무진 애니까 잘 살고 있을 거야. (환한 웃음)"

판소리도 고수가 장단을 쳐줘야 맛이 나듯, 맞장구가 없는 뒷담화는 무안한 혼잣말이 되고 맙니다. "으응, 뭐… 잘 지내겠지?" 어물쩍 넘기는 속내에는 차마 감추지 못한 부끄러움이 배어 있습니다. 재미가 목적인 이야기는 재미를 상실하면 바로 힘을 잃어요. 누군가를 도마 위에 올리기 전, 당사자의 입장을 딱 한 번만 헤아려보는 것. 깊이 사려하는 마음 하나에 무책임한 재미는 순식간에 휘발되어 사라집니다.

집에 모인 여자 사람들은 말할 상대만 있으면 뒷담화를 시작했습니다. 우리 집에 모처럼 놀러 온 여자 친척이 그랬고, 그들은 맞장구를 치지 않으면 의리가 없는 것으로 여기는 듯 보이기도 했습니다. 뒷담화는 사람이 많을수록 야생적이고 풍성한 맛이 났습니다. 급하게 들이켠 맥주 거품이 입가에 하얗게 남았습니다. 거품을 물고 열변을 토하는 듯한 그 본새에 웃음이 터집니다. 뒷담화에 몰두한 사람의 머릿속에는 수십 개의 모니터가 동시에 켜져 있습니다. 각 화면에는 누군가의 행동, 말투, 생활 모습이 재생되고 있어요. 화면은 흉 코기에 맞춰진 왜곡된 편집본만 줄곧 보여 주고 있습니다. 악마의 짜깁기는 그렇게 일어납니다. 그럴 때마다 혀를 쩟쩟 차며 훼방을 놓는 건 아버지였어요.

"또 시작이군. 그런 말은 아무런 흠이 없는 사람들만 할 수 있는 거야."

따가운 정적이 흐릅니다. 돌연 할 일을 잃어버린 얼굴들에는 육중한 시간을 무얼로 보낼지 걱정하는 기운이 지나갑니다.

옛 가수들의 야외 공연을 보러 간 적이 있습니다. 세차게 내리는 비에 젖으며 옛 감성에도 젖고 싶던 만추의 밤이었습

니다. 기다리던 가수가 무대에 올랐습니다. 기억 속 순수했
던 꽃미남은 어느덧 세월의 흐름을 정면으로 맞은 중년의 모
습으로 변해 있었습니다. 기억 속에 박제된 모습 그대로 남
아 있길 바랐던 걸까요. 눈앞의 주인공을 두고 여기저기서
날 선 뒷담화가 들려왔습니다. 노래 실력도 예전만 못해서
뒷담화 소재로 손색이 없었지요. 비교와 판단, 이 두 가지가
만나면 우린 서슴없이 평가라는 칼을 꺼냅니다.

"옛날 ○○가 아니네."

실망한 무대에 일찌감치 자리를 뜨는 사람도 있었습니다.
마침 나도 그런 생각이 들던 터라, 무대의 감동도 반으로 줄
어드는 것 같았지요. 곧추세운 허리에 힘이 빠졌고, 비에 젖
은 내 꼴이 우스워졌습니다. 그때, 옆자리에 앉은 남편이 조
용히 말합니다.

"애쓰잖아."

한 시절 잘 나가던 가수는 이제 생존형 가수가 되어 돌아
왔습니다. 무대 위의 우상은 알고 보니 우리와 똑같은 사람
이었지요. 매체에서 자취를 감추었던 그간의 시간이 그에게
쉽지 않았음을 알고 있습니다. 애쓴다. 이 말 속의 '애'는 본

래 동물의 내장을 가리키는 말인데, 그는 정말 내장이 튀어 나올 정도로 힘겹게 소리를 내고 있었습니다. 애쓰는 모습에 집중하니 나도 애써 힘을 보태고 싶은 마음이 들었습니다. 그리곤 온몸의 근육이 비틀릴 정도의 힘으로 응원했습니다. 보는 시각에 따라 초라해 보일 수도 있던 무대는 내게 잊지 못할 무대의 기억으로 남았습니다. 몸과 마음이 비와 감동에 폭 젖은 밤, 옛 가수에게도 그날이 감동의 기억으로 남았으면 좋겠습니다.

'알아주고 싶지 않다'라는 태도가 뒷담화를 낳습니다. 보이는 대로 단정 짓는 대신, 그가 지나온 보이지 않는 길을 이해해 보는 것. 어쩌면 그것이 비바람 속에서도 무대를 지키는 한 예술가에 대한 최소한의 예의일지도 모르겠습니다. 이해의 한 마디가 모든 잡음을 지웁니다. 이런 작은 시도가 모이면 나도 누군가의 따뜻한 이해를 받게 되겠지요. 비판하기보다 이해하기를, 평가하기보다 공감하기를.

퇴고의 늪에서

늪에 빠졌습니다. 초고를 마친 뒤 어김없이 찾아오는 퇴고의 늪.

공들여 쓴 글이 아무 흔적 없이 휴지통으로 사라지고 있습니다. 30일 뒤면 자동으로 비워질 그곳에 그냥 지금 당장 지워져도 좋다는 마음으로 던져 버린 글들. 초고가 숨겨진 나를 꺼내는 일이라 힘들다면 퇴고는 내 글의 민낯을 마주하는 일이라 아픕니다.

초고는 감성이 흐른 흔적입니다. 감성으로 시작된 일이 퇴고라는 날카로운 이성을 만나면 아무리 내 글이라도 너무 낯설고 어렵습니다. 나의 조각들이 부정당하는 것은 스스로 팔뚝을 자르는 것과 같은 고통이었습니다. 아픈 데를 자꾸 만지니 자꾸 덧나고 쓰라렸습니다. 퇴고를 멈추고 글을 두 달쯤 잠재웠습니다.

다시 만난 글은 여전히 낯설었습니다. 그러나 이전의 낯섦과는 차원이 다른 감정이었어요. 시간이 벌려 둔 거리만큼 생경하기도 했습니다. 내가 이런 글도 썼었나? 비로소 감정을 잠재우고 글을 객관적으로 볼 수 있게 되었습니다. 남의 글처럼 읽었습니다. 논리가 빠진 구덩이, 겹겹이 쌓인 오류들, 어색한 문장들이 하나둘 눈에 들어오기 시작했습니다. 고통스럽기보단 다행스러웠어요. 늦기 전에 고칠 수 있어 안도 했습니다.

며칠 전 운전 중, 차가 진흙탕에 빠졌습니다. 높게 쌓은 밭둑을 건너오다 약해진 지반이 무너지면서 바퀴가 둑 옆으로 미끄러졌습니다. 급한 마음에 기어를 전진과 후진으로 바꿔가며 빠져나오려 했지만, 그럴수록 바퀴는 땅에 홈을 남겨 더 아슬하게 기울어졌습니다. 당혹했습니다. 밖의 사람들은 차가 기울어질 때마다 "어어!" 하며 놀란 소리를 냈고, 어느새 차는 배가 반쯤 드러날 정도로 기울어졌습니다.

그때 발견한 게 있습니다. 차 밑바닥에 고리가 있다는 것을요. 평소엔 보이지 않지만 차가 위태로울 때 쓰는 구조용

고리. 모든 차의 심부에는 '도와줘요'라는 소리 없는 외침이 있었습니다. 평소에 꺼내어 보일 일이 없을 뿐, 뒤집으면, 만져 보면, 분명히 거기에 있습니다.

퇴고는 고리를 꺼내는 작업입니다. 문장이 진흙탕에 빠졌을 때, 의미가 어딘가에 걸려 멈췄을 때, 숨은 고리를 찾아야 합니다. 고리를 붙잡고 문장을 끌어올려야 해요. 문장의 구조를 냉정하게 바라보는 일, 그 안에 담긴 요청의 신호를 듣는 일, 그게 퇴고입니다. 그건 어쩌면 글을 더 잘 매끄럽게 만드는 일이라기보단 문장이 빠진 진흙탕을 함께 건너는 일은 아닐까 합니다.

퇴고란 문장의 밑바닥을 들여다보는 용기입니다. 보이지 않는 고리를 믿는 일이에요. 문장을 고칠 때 더 예쁘게 꾸미는 것보다 먼저 문장이 제대로 성숙했는지 보려 합니다. 용기를 낼 때마다 문장이 진흙에서 빠져나옵니다. 글이 제 길을 찾습니다. 글과 함께 실족했던 나도 일어섭니다. 이제 더이상 퇴고를 미루지 않기로 합니다. 그건 글을 살리는 일이자 나를 다시 세우는 일로 이어집니다.

바로 서는 중입니다

"연습이 완벽을 만든다."

익숙한 말입니다. 이 말은 모든 곳에 통하는 듯하지만 단한 군데 통하지 않는 곳이 있습니다.

흔들림.

흔들림은 연습할수록 더 잘 흔들리게 되는 게 아닙니다. 오히려 자주 흔들릴수록 그 속에서 중심을 찾게 되기 때문이지요.

흔들림이 두려웠습니다. 정확히는, 끝없는 흔들림이 두려웠습니다. 불혹不惑의 나이에 요구되는 '흔들리면 안 될 것 같은 정신'이 오히려 나를 풀 죽게 했습니다. '나이가 몇 살인데 마음 하나 못 잡고 갈팡질팡하나.' 마음이 보내는 메시지가 들리면 난 그저 고개를 숙이고 있는 것이 편했습니다.

주위를 보면 줏대 없이 말을 바꾸는 사람들이 종종 눈에 띕니다. 그럴 땐 '저 사람은 왜 저렇게 줏대가 없을까?' 싶다가도, 한편으론 '매일매일 새로운 생각을 갖는 것도 멋진 일이지!' 하고 생각합니다. 돌아보면 나 역시 그들과 다르지 않습니다. 글 쓰는 삶, 꿈꾸는 삶에 대해 늘어놓고도 하늘을 바라보며 '나는 왜 사는 걸까?' 하고 멍해질 때가 있으니까요.

공원을 걷다 마주친 장면이 있습니다. 동아줄 위에 아스라이 서 있던 사람. 그는 내가 다가오고 있음을 알고 땅에 내려와 딴청을 부렸습니다. 창피해 하는 그를 뒤로하고 서둘러 걸어 없어지려고 했습니다만, 이내 돌아와 물었습니다.

"방금 그거, 한 번 더 보여 주실 수 있나요?"

그는 머쓱하게 웃었습니다. 그리곤 머리를 긁적이며 줄 위에 올랐지요.

(이어지는 현란한 흔들림)

멋진 기교가 마음처럼 잘 안되는지 그의 얼굴은 붉었습니다.

내가 상념에 빠졌을 때, 그의 입에서 나온 문장은 좀 멋쩍은 듯한 어조였습니다. 그러나 내겐 삶을 아우르는 거대한 진리를 담은 날카로운 한마디로 다가왔습니다.

"흔들리는 것을 겁내면 못 해요."

보려던 것은 기교가 아니었습니다. 그건 실패와 위험과 불
완전함을 인정하는 자세, 쉽게 흔들려 버리는 나의 모습, 그
리고 줄 위에 계속 서 있으려는 의지였습니다. 중심을 잡으
려 애쓰던 사람은 알고 보니 그것을 견디고 넘어서는 사람이
었습니다. 어떤 흔들림도 끝없이 지속되지는 않습니다. 흔들
림은 지나가는 것이지요. 결국엔 단단함, 그리고 꿋꿋함만
남게 됩니다. 휩쓸리고 때때로 튕겨 나갈지라도, 꼭 흔들려
야 한다면 충분히 흔들려보고 싶습니다. 유치는 흔들리면 빼
내지만 영구치는 흔들려도 붙잡아야 하니까요. 쉽게 갈아치
울 수 없는, 단 하나뿐인 나를 붙잡기 위해서 나도 충분히 휘
둘릴 생각입니다.

내 글은 불안했던 순간들의 기록이에요. 쓸 수 있을까, 없
을까. 이게 과연 글이 될까. 흔들림을 연습하면 균형이 오지
만 균형을 연습하면 오히려 흔들립니다. 의심하고 흔들리던
마음은 필요한 흔들림이었습니다. 비틀거리며 내딛던 시간
의에 문장이 쌓여 갔습니다. 휘청이던 보폭은 문장의 행간이
되었고, 무너지지 않으려 움켜쥐었던 마음은 단어의 밀도가

되었습니다. 이제 말은 물성을 입습니다. A4용지 100장. 원고 중량 500g.

의심이 자부심으로 변하면 믿음은 확신으로 자랍니다. 하지만 완성된 원고를 손에 쥐었다고 해서 모든 진동이 멈춘 것은 아닙니다. 뿌리를 굳게 내리기 위해서는 나를 흔들어대는 바람이 끊임없이 필요합니다.

나는 여전히 흔들립니다. 하지만 이젠 압니다. 흔들리는 과정은 바로 서는 과정이라는 것을. 언젠가 이 진동이 잦아들면 나는 내가 온전히 서 있음을 깨닫게 될 것입니다. 혹여 다시 흔들리더라도 흔들림의 속성을 기억하며 반드시 제자리로 돌아올 겁니다.

긴 숨을 내쉬며

'왜 쓰는가'라는 질문과 '과연 쓸 수 있는가'라는 의심에 대답하고 반문하기 위해 여기까지 왔습니다. 이 순간에도 나는 식탁 모서리에 앉아 이 질문들과 대치 중입니다. 저들은 여전히 모의를 꾸미고 어떻게든 나를 쓰러뜨리기 위해 집요하게 고심합니다. 그러나 이제는 나도 요령이 생겨 적당히 흘려보내는 법을 터득하게 되었습니다. 마음의 불을 끄고 싶다고 끌 수 있는 것이 아니듯, 단골로 찾아오는 질문을 매번 강제로 끌어낼 방도도 이유도 없다고 인정했습니다. 있는 것을 억지로 지우려 하지 않고 그대로 두면 내 글도 좀 더 진솔해지지 않을까 믿어 보기로 했습니다.

책을 마치면서, 가슴이 웅장해지는 건 '쓰는 정신'을 앞으로 잘 가꾸겠다는 의지가 연결되어서입니다. 10km 마라톤을 몇 차례 완주한 적이 있는데, 그래서인지 단거리 달리기의 두려움은 진작 떨쳐냈습니다. 이 책은 나의 10km 마라톤 경험입니다. 이 경험은 또 다른 도전을 시작할 때 자신감이 되어 줄 것입니다. 단거리 마라톤을 완주한 사람은 장거리 마라톤에 도전하고 싶어지지요. 나의 글쓰기도 오래달리기를 시작합니다. 그런 의미에서 한 권의 마침은 또 다른 시작이 될 것입니다.

지금, 이 글을 읽고 계신 당신 덕분에 나의 첫 항해는 무사히 시작되었습니다. 작가로서의 출발선에서 내가 마주한 가장 기분 좋은 소식입니다. 꾹꾹 눌러쓴 나의 왼손체와 오른손체를 동시에 쥐고 있는 당신에게 묻고 싶습니다. 혹시 당신도 나와 같은 꿈을 꾸고 있지는 않나요? 만일 그렇다면, 망설임 없이 이 세계에 발을 들여 버렸으면 좋겠습니다. 의심하지 말고, 단칼에 첫 문장을 일으켜 세웠으면 좋겠습니다.

글을 통해 숨겨진 당신을 발견할 수 있기를 바랍니다. 그것은 글쓰기에 관한 관심일 수도, 사소한 일상의 즐거움일 수도 있습니다. 시선의 발견이 여러 사람과의 공감으로 이어지는 기쁨일 수도 있겠지요. 생각만으로도 설레는 일이에요.

벽돌을 하나씩 쌓아 올리듯 당신의 꿈이 차곡차곡 쌓여 가기를 응원합니다. 그리고 당신도 나의 여정을 함께 응원해 주었으면 좋겠습니다. 흔들리고 넘어져도 꺾이지 않는 나를 묵묵히 지켜봐 주었으면 합니다.

> 서로 만나려고 해야 한다. 들판에 띄엄띄엄 떨어져 타고 있는 그 불 중 누군가와 소통하려고 해야 한다.
>
> — 생텍쥐페리, 『인간의 대지』

이 세상엔 두 부류의 생명체가 있습니다. 꼭 만나야 하는 존재와 절대 만나지 말아야 하는 존재. 북극곰과 남극 펭귄이 마주치는 일, 도로의 자동차와 하늘의 비행기가 같은 땅을 밟는 일, 그런 일은 일어나선 안 됩니다. 하지만 우리의 인연만큼은 반드시 이어져야 합니다. 우리는 만나야 합니다. 우리가 누구인지는 이 글을 읽고 있는 당신이 이미 알고 있습니다. 당신은 이미 작가라는 이름으로 불려야 마땅한 이름입니다. 그건, 곧게 뻗은 트랙을 뛰고 있으면서 출발한 줄도 모르고 두리번거리는 당신의 다른 이름입니다. 이미 우리는 그 길을 걷고 있습니다. 당신과 나의 거리가 골목길처럼 손을 맞잡을 수 있는 거리일 수도, 8차선 대로처럼 큰 간격을 둔 거리일 수도 있지만 상관없습니다. 길 위에 있는 것으로 우린 동행하는 것입니다. 나의 길에서 당신의 기척이 들리고 당신의 길에서 내가 흔들고 있는 손이 보였으면 좋겠습니다.

나와 같은 마음을 가진 당신의 눈동자 너머를 가만히 응시합니다. 그리고 엷게 웃으며 생각해요. 저마다의 불꽃은 각양각색으로 빛나지만 하나같이 뜨겁게 타오르고 있다는 것을. 그 온도를 통해 우린 같은 불꽃의 일부라는 걸 본능적으로 알아차릴 수 있을 겁니다.

누군가는 밥상을 치운 자리에 앉아 글을 쓰고, 또 다른 이는 생업의 틈마다 글을 채워 넣겠지요. 물결에 올라탄 서퍼처럼 단어를 쏟아 내는 이가 있는가 하면, 터지기 직전의 머리를 붙잡고 고독하게 분투하는 이도 있을 겁니다. 우린 서로의 얼굴도 사는 곳도 알 수 없지만, 함께 이 일을 하며 손을 잡은 거예요. 참 신기한 일이지요. 나와 같은 시간을 통과하는 동료가 어딘가에 있다는 사실만으로도 위로와 의욕이 동시에 밀려옵니다. 언젠가 우리는 만나 불꽃을 더해 볼 겁니다. 그것은 불꽃의 크기를 비교하는 것이 아닌, 작은 불꽃도 포기하지 않겠다는 '함께'라는 견인이에요. 그날이 오기를 기다리며 다시 불쏘시개를 들어 나의 불꽃을 점검합니다. 올릴 수 있는 최대한의 명도와 온도로 다시 펜을 잡습니다. 당연히, 오늘도 씁니다. 불꽃이 꺼지지 않도록.

그리고 당신의 불꽃에 조용히 말을 겁니다.

"당신도 오늘, 쓰고 있나요?"